七日晴 著

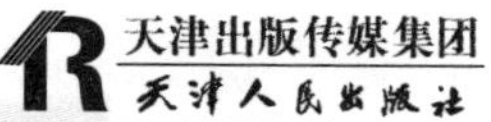

图书在版编目（CIP）数据

画月梦 / 七日晴著. -- 天津 : 天津人民出版社,
2018.2
ISBN 978-7-201-12865-8

Ⅰ. ①画… Ⅱ. ①七… Ⅲ. ①中篇小说 - 中国 - 当代
Ⅳ. ①I247.5

中国版本图书馆CIP数据核字(2017)第326470号

画月梦

HUA YUE MENG

出　　版　天津人民出版社
出 版 人　黄　沛
地　　址　天津市和平区西康路35号康岳大厦
邮政编码　300051
邮购电话　（022）23332469
网　　址　http：//www.tjrmcbs.com
电子信箱　tjrmcbs@126.com

责任编辑　玮丽斯
策划编辑　李　佳　马锦文
装帧设计　杨思慧

制版印刷　湖南凌宇纸品有限公司
经　　销　新华书店
开　　本　880 × 1230毫米　1/32
印　　张　8
字　　数　167千字
版权印次　2018年2月第1版　2018年2月第1次印刷
定　　价　28.00元

版权所有 侵权必究
图书如出现印装质量问题，请致电联系调换（022-23332469）

目 录

楔子 (001)

第一章 画月梦·时月 (003)

第二章 画月梦·妖娆 (027)

第三章 画月梦·清泪 (053)

第四章 画月梦·执念 (079)

第五章 画月梦·残颜 (107)

目 录

第六章 画月梦·温柔 (131)

第七章 画月梦·空欢 (155)

第八章 画月梦·独舞 (183)

第九章 画月梦·焚烧 (211)

番　外 爱若山上雪，伊人如云间月 (235)

楔　子

传说，世间有一幅画，它存在千年，只为等候一个人。

画中女子年纪不过十七八岁，面容清丽，眉头哀愁，站立于月色之下，一身白裙与一树梨花轻舞，目光痴痴地守望着远方。

有一梨树被少年亲手栽种长大，树中藏花妖，花妖感恩且倾心少年，来到世间与他相会，相恋，并寄身于少年为她所作之画中，年年岁岁守在他身侧，时日一久，妖不离画，画已成妖。

然，世间之人都逃不开一死，少年体弱多病，年纪轻轻便离开了这个世界。自此，繁华转眼成荒坟，画也因此遗落，所有的恩情爱怨于一夜之间消弭。

如此千年，乱世多变，妖仍长眠画中，痴心等待，希望心爱之人有一日归来……

这是一个跨越千年，关于等待和寻觅的故事，路过我世界的人那么多，你却偏偏是我爱上的那一个。

第一章

画月梦·时月

01

“小俞，这可是好东西呀！”

少年刚把手中用帛布包着的一幅画舒展开，叼着烟斗，满脸络腮胡子的大叔便凑上前来，双眼直直地盯着他手中的那幅画。

画看起来很旧很旧了，上好的宣纸泛出一丝丝黄，微光在纸上弥漫开，染上画中一个年轻女孩子的脸庞，女孩子梳着双髻，年纪不过十七八岁，面容清丽，眉头哀愁，穿着一身白裙与一树梨花静舞，目光痴痴地守望着远方，好像在等待什么。

这是今年市内的古画艺术展，承办人是眼前这位大艺术家陆文光先生，张井俞的父亲和陆文光是挚友，好友举办画展，张兆睿让儿子张井俞送出自己的这幅宝贝，前来捧场。

画的作者不详，这画放在张家也有很多年了，张井俞这还是第一次见到画中之人。

“陆叔叔，父亲说举办完画展再归还，现在交给您处理。”张井俞迟疑了一会儿，双手将画递过去。

听到他的话，陆文光的笑容在脸上越扩越大，他接过画，拍了拍少年的肩头，立即表示感谢：“兆睿太够意思了，替我谢谢你爸爸。”

“我会转达的。”张井俞的脸上浮现一个微笑。

画轴被收起，放进一个精美的雕花匣子里，风吹过来，人们只闻到淡淡的梨花幽香，却没人注意到一缕淡淡的青雾从画中跑出，往窗外飘飞而去。

张井俞挺直脊背，送完画，沿着古画艺术展大门走出去。

成片的梨花，雪白一片，好似一场大雪，染白了枝头，如雪的花海中，香气引来了不少蝴蝶。

那缕青雾轻得透明，它在万树丛中，绕呀绕，如朦胧的云纱，在白绿的涟漪间浮动，青雾最终选定了一棵树，地上倏地落下一朵异样晶莹的梨花，转眼间，雾气消失，一个俏皮的少女出现在树下。

少女不经意被前面那个背影吸引，忍不住跟上去。

时月于画中初见张井俞，认定他就是自己等待的那个人，千年的时光，让她不知世事，见到那张和梦中一模一样的脸，时月清丽的脸上，扬起一个苍白的笑。

陈琛，我等了你很久很久，你终于出现了。

她双手紧紧地绞在一起，小心地走着，不想被张井俞发现，沉睡多年，她的法力早不如从前，不仅命中与水犯忌，栖身之地也只剩下那幅

陈旧的画。

“啊……”时月似乎没料到张井俞会回头，快速地躲到一个拐角，赶紧把自己藏起来，拍拍胸脯，转念一想，“我干吗要怕他？”

时月跳出来，大摇大摆地回到路上，可是张井俞却不见了！

她看着空荡荡的大街，两只水汪汪的眼睛，里面像是藏着一片大海，她的表情非常可爱，给人一种好欺负的错觉。

睡的时间长了，不代表她的鼻子不好使，时月记得张井俞身上的气味，像夜风一样清冷，她屏住呼吸，闭上眼睛，像小狗一样往空气中嗅了嗅，再次睁开眼睛，先前焦躁不安的神色从她脸上消失了，她微微一笑，双手背在背后，神气十足地沿着一条路往前走。

时月每走一段路，两旁的树上便会绽放一朵花，花瓣那么小，小小的几片，根本不会有人注意。

花妖为灵，百花见之献礼，花儿迎风绽放，表示她的心情特别好。

柔和的春风吹拂，时月脚步轻盈，长至腰部的顺直黑发，在耳朵两旁挽了一个双髻，随着她的步伐，调皮地左右甩动。

没走多久，果然跟丢了的张井俞，重新出现在她的视野里。

张井俞站在一家宠物诊所前，目光灼灼地看着里面一个人，时月顺着他的目光看过去，发现他在看一个女孩子。

一个很漂亮的女孩子。

女孩子抱着一只狗，正在给它包扎受伤的后腿，她一边拿药，一边轻声跟狗说话，像是一片轻柔的云在张井俞的眼前飘来飘去，她秀雅的脸上荡漾着春天般的笑容，那么温柔，看得时月都嫉妒了。

张井俞痴痴地看着那个女孩子，嘴角同样露出温柔的笑。

时月呆住了。

千年来，那一幅画卷几经周折，她遇见过不少人，数不清的过客里，她唯独记得他。虽然不知道他去了哪里，她却藏满了有关他的心事，关于一生所爱的事。

现在，她见到了他，他却对别人笑了。

面前的这个少年眼神专注，注意着别人，时月不禁怒从中来，她见到张井俞的头顶上是一棵大槐树，当下就化掌为风，几下推向树枝间。

纷纷扬扬的洋槐花，簌簌而落，张井俞躲避不及，头发上，肩膀上，挂满了重叠的洋槐花，淡黄色的花蕊粉，撒了他一脸，分外狼狈。

时月满意地勾起嘴角。

叫你对她笑，我可饶不过你！

02

张井俞被这阵突如其来的风，弄得一身都是花和叶子，哭笑不得，当下灰溜溜地回了家，时月心满意足，跟着他进了门。

时月手腕上戴着一只翠绿欲滴的手镯，镯子上泛着幽幽的冷光，这是“灵隐镯”，她的宝贝，自带隐身功能，想要谁看见，谁才看得见。

这镯子帮了时月的大忙，不然，她这么大一个人，怎么能混进张井俞的家中？说起来，她在张家住了这么多年，却从未从画中跑出来看过这个世界。

时月只知道，她栖身的这幅画，经历了几任张家后人之手，辗转到了张兆睿手中，如果不是他让张井俞阴差阳错去送画，想必时月还没机会见到他。

缘分自有天定。

时月想，她跟张井俞注定有这么一段缘分。

只是，她还是她，陈琛还会是以前的陈琛吗？

见到张井俞回来，张兆睿展颜一笑，像是在夸赞他办事稳妥，他给张井俞递上一杯茶，问道："见到你陆叔叔了？事情办得可还顺利？"

"都办好了。"张井俞喝了一口茶。

张兆睿看着儿子渐渐成熟的脸，有些欣慰。

他们家的房子是一个四合院，祖祖辈辈传下来的，经过几番修整，在这灯红酒绿的大都市中，无疑是一个小小的桃花源。

张井俞的爸爸喜欢画画，练书法，现在是一家大学里教美术的教授，他下了班回家便会研墨创作，家里各个角落都挂有他的作品。张井俞的妈妈是一家公司的园艺师，喜欢养花种草，家里的四合院，在她的打理下，俨然已成了一个花园。

一年四季，家中总有花盛开，艺术的画作，满园的花草，配上张家古色古香的院子，别有一番趣味。

或许是从小受到张兆睿的影响，张井俞喜欢国画，钟爱工笔画，浑身上下散发着一股文人的气质。

一直以来，他的性格温谦，喜欢独来独往，是学校美术社里唯一一个画工笔并且钟爱工笔画的男生，做事有条不紊，令人感到十分安心。

时月跟着他踏进张家，不过几眼，已经爱上了这个地方。

一路走来，她看到了冰冷的大厦，喧嚣的大街，愤怒的人类，外面的世界充斥着一种快节奏的戾气，唯有张家庭院，莫名让她觉得舒服而惬意。

时月没有穿鞋，一双白皙小巧的脚踩在冰冰凉凉的青石板上，刺骨的凉意冰得她浑身一个激灵，见到院子中有一个秋千，时月走了过去，收起脚，坐在上面摇晃。

意外的是，秋千旁也栽种了一棵梨花树，轻风吹过，落英缤纷，牵动着她的思绪。

她想起了记忆中的那个人。

张井俞正拿起洒水壶，给院子里的花草浇水，风吹过来，洁白无瑕的梨花漫天铺地，秋千随风摇摆，好像有谁坐在上面玩耍。

或许是想多了吧。

张井俞对自己笑笑，浇完花，他进屋拿出一本书，坐到秋千上来看，午后的阳光灿烂，照在他细腻光滑的皮肤上，张井俞兴许是累了，翻了一会儿书，睡了。

时月这才敢现身出来，她凑近张井俞，静静地看着他。

眼前的人，俊美绝伦，他的头发墨黑，不长不短，他闭上眼睛，睡在梦中，长长的睫毛形成了诱惑的微卷，时月呼吸一紧，那双眼中忽闪而逝很多东西，让人抓不住，却想窥探。

她清澈的眼睛始终在笑着，这就是她日思夜想的恋人啊，有多久，没有这样好好地看过他了。

久到她都忘记了时间。

张井俞忽然皱起眉头，嘟囔一声，时月吓得立马隐了身，小心地观察他的反应。

“小俞，妈妈给你买了樱桃！”

一个女人的声音响起，一个穿着职业装，留着短发的女人走进来，张井俞被这个声音惊醒，忙放下书，迎上前接过女人手中的袋子。

“妈，你回来了。”张井俞显得很高兴。

“你这孩子，怎么放假也不出去玩？你呀，就是太闷了，男孩子活泼些才好。”女人脱下外套，笑着对他说，走进厨房里去准备晚饭。

张井俞拿出一盒樱桃，洗干净了，放在石亭的桌子上，时月被樱桃吸引，可怜巴巴地趴在桌子边，盯着那些看起来很可口的水果。

趁着张井俞背过身，时月迅速地偷了一颗塞进嘴里。

嗯……很甜！

她已经很久没有吃过这么新鲜的东西了，虽说她不用吃食物也能活，但是时月以前是个贪吃鬼，而陈琛的手艺很好，常常做一些精美的糕点。

时月性子顽劣，每次也是这样偷吃。

“怎么每次勾线都不太自然呢？”张井俞自说自话，拿出夹在书页中的一张纸，上面是一枝没有染色的牡丹花。

“笨，你用的毛笔太细了。”时月轻轻地回答。

张井俞仿佛听到了声音，奇怪地看了后方一眼，时月正把第三颗樱桃扔进嘴里，立刻噤了声。

风吹过他的发梢，刚才似乎是错觉。

张井俞揉了揉眉心，试图让自己清醒一点，看来，他最近看书看得太累了。

时月吃起来，停不住嘴，没一会儿，一盒樱桃少了一半，时月后知后觉要出事了，立马站起来，恼恨自己怎么不懂节制。

张井俞的手伸向樱桃盒，左右探了探，他不明白，明明只吃了几颗，怎么樱桃少了这么多？

“我吃了这么多……”风中传来他轻不可闻的声音。

他只当自己看书忘时，没有多想。

时月站在他背后，伸长脖子，去看他书上的内容，全是一些晦涩难

懂的专业文字，关于怎么画画的知识。

没劲！

时月坐在他身边，手撑着下巴开始看他，她看着眼前这个人，想起生命中一段又一段的人生轨迹，有些事情过于久远她记不清了，但是她却认得他的脸。

她看着他，一直看到日头西斜，夕阳笼罩着整个院落，她开始不自觉地打盹，睡着了。

03

醒来时，月亮已经爬上了树梢，时月一个人坐在庭院的凉亭里，懒懒的跷着腿，正盯着房间内的灯光出神。

张井俞的影子倒映在窗户上，他正在练习画画，身子微微前倾，手拿着毛笔，时而急切，时而轻缓，时月看着无聊，溜进厨房，果然在冰箱里找到了那半盒没有吃完的樱桃。

她美滋滋地解决完剩下的美味，然后才心满意足地找到一间干净、没住人的房间，安稳地休息。

四月是个好季节，山花烂漫，虫鸟欢快，张井俞生活的这座城市是丘陵山区，学校建在半山腰上，骑自行车要花四五十分钟。

他骑上自行车去上学，时月坐在他的自行车后座，掬起微风中的一缕明媚，化为心中的感动，倘若时间停止在此，她愿意在这一刻死去，融进他的生命里，成为一束暖光。

幸福吗？时月看着他瘦削的后背，有些心动。

故人相见，固然是幸福的，只是要怎么认识他，这还是个问题。

张井俞浑然不觉时月跟着他，他只闻到漫山遍野的梨花香气，一路踩着单车，来到了学校。

时月从单车棚中走出来，好奇地看着身边走来走去的学生，他们看起来和自己年纪差不多，打扮却相当前卫，胳膊小腿都暴露在外面，时月上身穿着粉红色紧身袖袍上衣，下罩白色烟纱散花裙，她微翘的眼睫毛忽闪忽闪，亮晶晶的眼眸散发着妖冶。

“张井俞，你看谁呢？”一个矮个子男生朝他打招呼。

他是张井俞所参加的美术社里一个朋友，隔壁班的同学，他跟张井俞说话的时候，张井俞正瞧见一个穿着鹅黄色蕾丝裙的女孩子走进他们教室。

那个女孩子，他在宠物诊所见到过，印象深刻。

时月先张井俞一步跨进教室，当然她隐了身，不然她这身古代少女的装扮，不知道要吸引多少人的目光。

写着粉笔字的黑板，整齐排开的课桌，郎朗的读书声，时月对这一切感到不可思议，她还是第一次见到人类读书的地方。

她站在讲台上，一眼望去，底下全是黑压压的人头，也有调皮的学生，偷偷在座位上吃零食，时月捂着嘴差点笑出声来。

不过，沉闷的教室很快让时月失去了兴趣，下课铃声未响，时月已经出了教室，晃晃悠悠地来到了操场后面的小树林。

树林里一片安静，由于是上课时间，见不到一个学生，时月放心地显出身来，人类虽然见不到她隐身时候的样子，鼻子好使的，却能闻到她身上若有若无的梨花香气。

谁让她是一只梨花妖，异香这件事，无法遮掩。

这时候，时月在树林里跑来跳去，情不自禁地跳起舞来，她的脚踝上有一个小铃铛，随着她的舞步，发出阵阵悦耳的“叮叮当当”声，十分好听。

“你——”一棵榕树后面，发出的声音极为沙哑，轻小得几乎让人听不见。

时月的听觉和人类不同，她很快发觉到有人在附近，傲慢地说：“谁在那儿？给我出来。”

说着，她已经迅速地来到树后，揪出一个男生。

男生给人第一印象便是——讨厌，他长了一张娃娃脸，一双圆溜溜的大眼睛在她脸上瞟来瞟去，眉眼俊美，明明是男儿身，却有一种美丽迷人的气质。

男生试图推开时月，却发现身体沉得厉害，连动动手指都要费好大的劲，身体传来剧烈的痛楚，让他连话都说不出了。

“你看着我干吗？”时月嘴唇动了动，放轻了手上的力度。

男生像是知道不能声张，他一脸茫然地看着时月，眨了眨眼睛，他在做梦吗？为什么会见到仙女一样的女生？

她的脸很惊艳，发型很独特，衣服……很有个性。该死，他听见自己的心脏，快速地跳动。

越跳越快，几乎快从他的喉咙里蹦出来了。

“不说话，杀了你。”时月没耐心和他耗着，目光不经意落在他胸前露出的衬衫上，眼神不禁亮了几分。

只要她的手抓过去，不消一刻，便能夺走他的生命。眼前这个人，还不知道自己处境多危险，呆呆地看着她，似乎看傻了。

“你是新转来的学生？你喜欢汉服？在玩cosplay（角色扮演）吗？”宁哲定定地看着眼前这个女生，半天，才吐出一句完整的话来。

时月可不吃这一套，她虽然起了杀心，却仍存着一丝理智，她才不愿意让人类的血腥味，染浊了自己的香气。

她扔下愣在原地的男生，然后转身便要走开。

“等等！”男生在她身后大喊。

“不要跟着我，不要说见过我！”时月怒吼出这句话，几下就走进了树林深处，宁哲一肚子的疑问，他见她走了，连忙跑过去，找遍了四周，没看到她。

奇怪，明明看到她在这附近的。

宁哲忍不住停下脚步，烦躁地抓抓头发，不甘心地走了出去，沿着一条小路，继续往前去找她。

“笨蛋，我在高处呢。”

时月坐在树枝上，嗔笑着看着底下那个男生，像一阵风消失在与他相反的方向。

彼时的美术社活动场地，张井俞正被一群人围在中间。他们面前是三幅画，水粉风景、人物写实和一张花鸟工笔画。

“张井俞，你老画这些玩意，早落伍啦！”

“我也觉得，你们看苏浩画的人物写实，比张井俞的好多了！”

“对，老头子才画国画，早被淘汰的作品，我看不上。”

他们对国画嗤之以鼻，甚至用言语进行贬低，张井俞一张俊脸气得通红，他不擅长争辩，更谈不上和人争吵，自己喜爱的画作被人说三道四，他脾气再好，也忍不住想和他们一论高下。

忽然，就在他这样想的时候，原本吵吵闹闹的人群安静了。

一阵水蜜桃清香从身边传来，张井俞抬起头，发现一个女生挤开人群，来到了挂着三幅画的中间，她拿起张井俞的画，面对众人。

“国画是我们国家的文化，不容小觑。”女生指着张井俞画的作品，言辞凿凿，“这幅画工整细致，把传统工笔画的勾勒、渲染，平面表现的装饰性以及西方写实主义手法相融合，画出了一个梦幻般的意境，在我看来是很优秀的作品，和那两幅画相比，哪里差了？”

人群鸦雀无声。

04

没错，现在勇敢地站出来，维护张井俞的女生就是黄淼淼，张井俞在宠物医馆外一见倾心的女生。

“你们难道画得比他好？我看未必。”黄淼淼望着起先两个态度傲慢的男生，也就是那两幅画的作者，态度十分强硬。

黄淼淼身材高挑，人长得漂亮，性格温柔，是学校里公认的“校花”，也是不少男生暗恋的对象，她从来没有生气的时候，现在为张井俞出头，不少人议论纷纷。

苏浩也是暗恋者队伍中的一员，他看到倾慕的女生，竟然帮对手说话，他握紧拳头，迫切地想找回面子，非常想。

“淼淼，你会不会看错了？你看他的画……”苏浩主动讨好她。

“我学过画画，我对自己的分辨能力有信心。”黄淼淼打断他的话，不肯让步。

苏浩一怔，但还是下意识地闭了嘴，他感觉得到再说下去，黄淼淼要生气了，他有些无奈，不敢惹黄淼淼，最后狠狠地瞪了张井俞一眼。

“哦哦……也许我们说错了，没看出张井俞的画作很优秀，呵呵。”有人尴尬地打着圆场，风向一转，围观的人也开始各自说起国画的好处来。

又一阵七嘴八舌过后，大家感觉到无趣，渐渐散了。

时月嗅着张井俞的气息赶来，见到的就是这样一幕——黄淼淼站在张井俞的对面，拿着他的画，对他笑得像一朵花，张井俞目不转睛地望着她，表情若有所思。

黄淼淼走上前，紧紧地盯着张井俞的脸，有些害羞地把画还给他，张井俞身体顿了一下，轻声对她说“谢谢”。

时月不想错过任何一个细节，他们的手刚要触碰到一起，她暗中发力，利用旁边敞开的窗户，吹落了那幅画，黄淼淼连忙弯腰去捡画。

可恶，可恶，这个人类女子太可恶了。

时月感觉到了危急，她感受得到，张井俞被这个女子迷住了，他看着她的眼神，跟自己看张井俞的眼神一模一样。

这真是一件可怕的事。

更过分的是，当天晚上，张井俞放学回到家，还偷画黄淼淼，时月一气之下，刮起怒风撕破了他的画纸，看到张井俞惊慌失措，她又于心不忍，收了法力。

“这个季节的风，怎么这么大？”张井俞边关窗户边自言自语，他把宣纸重新铺在桌上，因为画纸破损，张井俞改了几笔，把画上的人改成了一个陌生女子。

“咦？好像很面熟。”改完，张井俞发现那女子，竟然和先前送给陆文光展览的画作有七分相像，不同的是，一个是古代装扮，一个是现代服饰。

也许是送画的时候，见到了她的模样，不知不觉把她画了出来。

画中人不是黄淼淼，对于张井俞已无意义，他叹了一口气，随意卷起画轴，把它搁到旁边的青花瓷花瓶里，瓶内卷放着十几幅有着同样命运的画。

“小俞，来吃饭了！”屋外有人叫他，张井俞应了一声，匆匆关上门出去。

他走后，一双手拿起青花瓷瓶中的那幅画。

画卷打开，时月看着画中另一番打扮的“自己”，心里乐得不行，没想到他把自己画得这么好看，时月左右瞄了瞄，偷偷把画藏进了宽大的袖中。

她想，只是偷一幅，不会被发现，没关系的。

时月藏好画，打定主意，要让张井俞认识她。

她有不同于人类的能力，也能够捣乱破坏张井俞和黄淼淼接触，这一点，凭她利用风捉弄他就足够证明了。

但人心不可测，如果张井俞真的喜欢上那个女生，时月是没半点办法了。

相较于在暗处作乱，时月更想要进入他的生活，名正言顺地与别人竞争，她的容颜和身材都足够出色，她不信夺不回张井俞。

时月不是善类，甚至逼急了还会做出一些不可理喻的事，她就像一潭变化多端的水，不知道什么时候会搅起翻天巨浪。

在人类的世界里，有一句话，爱一个人，就要无条件对他好。

时月十分开心地打扫张井俞的屋子，把他书架上的书整理好，擦干净地板，扔掉垃圾桶里的垃圾，她不认识电脑，自认为这台黑漆漆的东西是需要洗的，她用刷子仔细地把张井俞的主机、鼠标、键盘、显示屏洗干净，给他摆放到原处。

那些乱七八糟的线，时月是不会装的，她也不考虑张井俞见到被洗得干干净净的电脑会有什么反应，心情愉快地回了自己房间睡觉。

用来栖身的古画没有回到张家，时月在外游荡了一段日子，必须回到画中养精蓄锐，不然对她的身体很危险。

张井俞吃完饭回来，发现电脑被整得七零八落还浸泡了水，还以为是张兆睿干的好事，问过父母，他们都没有进过自己房间。

这是怎么回事?

张井俞一头雾水，第二天傍晚他居然又遇到了“田螺姑娘”。

洗漱完，发现衣服就放到了床边，想去拿书包，发现昨天的课本都装进了里面。

事情越来越奇怪了，就在张井俞百思不得其解时，他发现平日练习作画的桌子上，平铺着的雪白宣纸上出现了一行字，字写得歪歪扭扭，像出自小孩子之手。

纸上写着：我可以出来见你吗？

像是怕吓到张井俞，紧接着，张井俞看到毛笔自动在纸上写字：我没有恶意的，只见见你，好不好？

“你是谁？”张井俞麻着胆子问。

毛笔被搁到一边，张井俞看到一股青雾袅袅升起，青雾变成了人的轮廓慢慢散去，然后一个少女出现在他平日坐着的椅子上，她留着又长又黑的长发，身上穿着一件一看就不是这个时代风格的衣服，让人一见难忘。

时月不是那种娇弱的女子，看起来还有点坏孩子的痞气。她不发怒的时候，相貌甚甜，双眉弯弯，小小的鼻子微微上翘，一双大眼睛漆黑光亮，脸如白玉，颜如朝华，项颈中挂着一朵梨花，发出幽幽香气和淡淡光晕，映得她粉妆玉砌一般。

见他在走神，时月眨了眨眼睛，极为得意地夸耀自己：“怎么样？我是不是很美呀？我叫时月，名字一般人我不告诉他。”

张井俞终于收回望着她的目光，张大的嘴巴也慢慢合上，脸上的表情由惊讶变得平静，兴许是她长得温婉，张井俞凭空见到她，竟然不感到害怕。

05

“好歹给你打扫了这么多次屋子，我怎么连句夸奖都捞不到？”时

月秀眉一皱，轻轻地叹气。

“你是……那个田螺姑娘？”张井俞弱弱地开口，对方是敌是友都分不清，他目前不敢招惹她。

“什么田螺？我不是田螺，我才没田螺那么丑呢，我是时月，漂亮的时月。”她不满地纠正张井俞。

张井俞的表情短暂地停了一下，他看着时月，意识到她不是在开玩笑，而是很认真地跟他解释，立马朝她微微一笑，点点头说：“好……好吧。”

“时月，你为什么会出现在这里？”张井俞说完，向她走近一步，看着她的眼睛冷静地开口，“我们好像……见过？”

“哈哈，阿琛，你是在搭讪我吗？这么久了，你们人类能不能换点新花样，永远是这一句。”时月站起来，藏在裙子底下没有穿鞋的脚露了出来，她的衣裙散发着芳香，张井俞感觉到阵阵梨花香扑鼻而来。

“阿琛是谁？”他问。

“笨，阿琛是你，你是阿琛呀！”时月肯定地说，时过境迁，故人相见，她认定张井俞就是她等待的恋人陈琛，错不了。

“不对，我是张井俞。”张井俞坚持。

时月比他还倔强，她把头一偏，气哼哼道：“我不管，你就是我的阿琛。”

张井俞拿出一双崭新的拖鞋，放到她脚边，抬起头对她说：“你不冷吗？穿上鞋，小心等下生病了。”

“好！”时月心里顿时乐开了花，他说什么就是什么，只要不提名字这件事。

张井俞通过和她简单交谈，终于知道时月是从画中走出的一缕精魄，但是除了这个，时月并没告诉张井俞她为何出现，而那天之后，她总是缠着他。

头顶上艳阳高照，陆文光主办的画展结束后，张井俞拿回了那幅画，并得到张兆睿的允许，把画收藏在房间内。

时月拿着一串糖葫芦，高兴得恨不得让地上每个角落都开满花，张井俞见她走一步，跳三步，无奈地摇头。

“今天去买新衣服咯！我的阿琛给我买呀！时月好快活啊！”

时月像个小疯子，嘴里唱着不成调的歌，和张井俞走到了市内繁华的大商场。

她的装扮古典，不少人朝她看过来，好在现在这个社会，许多人也讲究个性，穿的服装奇形怪状，时月的打扮，倒也没引起什么轰动。

大家只当她是一个汉服爱好者，好玩罢了。

“时月，我们说好了，等会儿买完衣服，回家就说你是来我家租房子的，不许运用法力制造恐慌。”张井俞一脸忧愁。

他试图劝说时月，从哪儿来回哪儿去，可是时月成了一块狗皮膏

药，张井俞走到哪，她黏到哪。

张井俞既要瞒着父母，让时月住进家里，又要想办法，让她离开自己。这么多天，时月对他的话言听计从，也没对任何人造成危害，他判断，时月接近他，至少没恶意。

只是问题非常棘手，时月有的事听他的，但是涉及她反感的话题，比如离开，她指定要抓狂，张井俞决定先稳定她的情绪，慢慢跟她讲道理，从长计议。

“阿琛，我穿这个好看吗？”时月从试衣间走出来，彼时的张井俞正在等待区冥思苦想，怎么送走这个姑奶奶。

时月穿着一件黑色斗篷，像是中世纪的女巫，她完全没有害羞意识，对着镜子左照右照，转圈圈，衣摆像蝴蝶一样翩翩飞舞，蜜色纤瘦的腰肢若隐若现。

张井俞是个细心的人，他咳了两声，别开头，带着时月到时尚女装区买了一条浅粉色的连衣裙和一套白色的运动休闲装，然后带她去内衣区，让服务员帮她选购了合身的内衣裤。

时月可以用法力变换装束，这一点张井俞当然不知道，还傻傻地掏钱，用他参加画画比赛得到的奖金，给时月买了许多女生喜欢的饰品和生活物品。

两个小时后，一个青春活力的少女出现在他面前。

时月身材好，皮肤白，长得可爱，穿什么都好看，张井俞帮她推着行李箱，快步赶上前面那个长发飘飘，穿着一身白色棉布裙子的人，再次叮嘱道：“时月，等会儿你多看少说，千万别露馅，知道吗？”

“知道。”她吃着一只冰激凌甜筒，嘴巴上沾了白色的奶油，乖乖回答，然后又撒娇道，“阿琛……”

“还有称呼，在我爸妈面前，要叫我的名字。”张井俞一个头两个大，教她多少次了，总是学不会。

事实上，张井俞的担心完全是多余的。

时月是谁？她可是古灵精怪的妖，这点事都不懂，她还怎么在这个世界混？她就是喜欢装傻充愣，看张井俞拿她没办法的样子，这样会让她觉得，自己是被他在意的。

重新来到张家，是沈白茶开的门，见到时月，她很意外，也很惊喜，沈白茶老早就渴望有一个女儿，听到时月是从国外留学回来，转学到这里的，直夸她有本事。

得知时月举目无亲，和张井俞是在一次画画比赛中认识的，所以来投奔他，想租到他家里，一来有个照应，二来可以互相学习，沈白茶满口答应，还不肯收房租。

故事编得滴水不漏，时月顺利地在张家的客房住了下来。

“怎么样？厉害吧？”时月坐在床上，脚尖离地，一晃一晃，看着张井俞。

张井俞听从母亲的吩咐，帮时月来打扫房间，帮她搬东西，看着她洋洋得意的脸，欲言又止，他怎么觉得，这个丫头诡计多端，没有表面上看起来那么好打发？

“反正我希望你不要闹事，行吗？”张井俞心中依然不安。

“行。”时月十分爽快，往后一躺，看着白色的天花板，脸上扬起笑容。

好棒，终于名正言顺地住进来了。

打开窗户，可以看到满院子盛开的花朵，外面就是那棵梨树，米粒般大小的嫩绿的骨朵，藏在绿叶间。

时月手轻轻地抚过，淡白色的小花，中间有几点鹅黄的花蕊，感受到时月的存在，花的底部衬出两片叶子，托住完整的梨花，绽放了。

时月伏在窗台，双手托腮，笑看枝丫间那洁白的花朵，随风吟语。

梨花香，为情伤。

陈琛，别笑我太过痴狂，我不要这世间，独留我孤芳自赏，感伤。

我已经伤了千年，裹着万行泪，如今，我终于等到了旧时人，你的新模样。

决不会放手。

第二章

画月梦·妖娆

01

晚上，沈白茶做了一大桌子菜，时月挽起袖子，吃得很没形象。

“小月，合不合口味？”沈白茶夹起一块糖醋排骨放到时月的碗里，张兆睿出差去外地参加教师交流会了，所以不知道时月来了家里。

尽管只是三个人的晚餐，菜品仍然相当丰富。

“好吃，好吃，谢谢阿姨。”时月狼吞虎咽，说出的话含糊不清。

“哎哟，你慢点吃，在国外不是吃西餐就是吃泡面，肯定很久没吃到家里的菜了。”沈白茶把水端到她手边，看着她，又忍不住问：“你爸妈在家不做饭？”

时月咽下一大口牛肉，吞了吞口水，回答道：“我是孤儿，跟舅舅住，舅舅回国了，所以我跟着来了。”

“可怜的孩子。”沈白茶一脸疼惜。

张井俞正在喝水，听到时月睁着眼睛说瞎话，差点被水呛到。

饭后，沈白茶去外面和她的朋友散步了，时月爬上屋顶，看着各种凋零的花瓣飘飘洒洒落下，融入泥土，陪伴她的梨花，此刻，也要将自己化为养分，滋养土地，她自然懂得这是万物更替的道理。

“你们害怕死亡么？”时月问它们，附耳倾听着花语。

一阵微风吹过，梨花飞舞，跳起了与众不同的舞步，像一位优雅的舞蹈家，在月光下尽情舞蹈。

“哦，不怕啊。”时月微笑，伸出手，有一片雪白的花瓣，飞落到她的手心，像害羞的小姑娘，在她的手心旋转、轻飞。

万物皆有灵，浮生不尽，一场大梦。

“去吧。”

时月放飞那一片花瓣，看着它融入无边的夜色中，蹁跹如蝶，渐渐消失了。

她枕着双手，躺在屋顶上，看着满天璀璨耀眼的星星，看了一会儿，觉得每一颗都像张井俞幽深的眼睛。

好烦，又想他了。

时月站起来，顺着一架搭好的长梯子，灵活地爬下去了。

“张井俞，你在干什么？”时月从楼上找到楼下，就是不见他的身影，张井俞与她约定，在家里只准喊他的名字，时月虽不满，迫于不喊名字会被赶出去的压力，答应了他。

张井俞正在浴室洗完澡，上身睡衣刚穿完一只袖子，听到时月的喊声，他以迅雷不及掩耳之势穿好衣服，打开门出去。

“我在这里。”他把衣服扔进洗衣机，回头看着她说。

不是他多想见时月，主要是时月不分场合，也没有男女授受不亲的

概念，他怕不出去，时月会直接闯进来。

经历过一次去上厕所，时月跟到男厕所的事，张井俞又花了三个小时，跟她讲清一些事，私人空间，必须离他五米远。

“陪我一起看电视！”时月走过来，挽上他的手臂，把他拖到了客厅沙发上坐下。

“我要写作业。”张井俞拒绝，拿起遥控器，递到她手里，快速地躲回了房间。

“你——”时月气得跺脚。

张井俞关上房门，装作没听见。

最近几天，时月迷上了看偶像电视剧，每天待在客厅看到半夜。

张井俞难得清静，不被她贴着耳根子闹，只是屋子里一下子变得冷冷清清，张井俞又觉得少了些什么。

张井俞想起上次画黄淼淼不成，趁着月色沉静，花影绰约，又画了一幅黄淼淼的画像，送给了黄淼淼。

黄淼淼是个很好说话的人，张井俞也是温温和和的性子，经过上次黄淼淼维护他，他送画答谢黄淼淼，两个人很快熟稔起来，甚至交换了电话号码和地址。

这天课间，张井俞去找黄淼淼，打算商量下学校的晚会现场布置，张井俞走在翠绿的香樟树下，细碎的阳光打落在他身上，他脸上没有一丝表情，看起来有几分冷漠。

张井俞不知道，他学习优异，能力突出，赢得了老师的喜爱和学生们的崇拜，可是在这个校园，也有许多人看他不顺眼，十分讨厌张井俞这种“好学生”在别人面前“惺惺作态”。

优等生和成绩差的学生，是学校里的两极分化，他们各有各的魅力，背地里进行着一场看不见的战争。

宁哲身后跟着两个学生，他们的校服涂得乱七八糟的，系在腰上，像极了电影里的古惑仔，远远见到张井俞走来，其中一个人用手肘撞了撞宁哲：“哎，阿哲，那个优等生。”

“跟他玩玩。”宁哲坏笑。

张井俞迎面与他们相逢，不料脚下被宁哲一绊，差点摔倒在地上，他下意识地稳住身子，回头看向宁哲。

“不好意思啊，脚滑。”阿哲耸耸肩，走上前，手搭在张井俞的肩膀上，另外两个人，挡住张井俞的去路。

“你们想做什么？”张井俞的眸子里迸射出一道寒光，学校里有不少挑事的学生，这个宁哲，他认识。

“不做什么。”宁哲摇头，随后他手指向围墙，大声说，“陪我去网吧玩局游戏，怎么样？”

“你叫我逃课？”张井俞皱起眉。

“不敢就算咯。”宁哲轻蔑地看了他一眼。

“哲哥叫你玩游戏，身为学生会会长，怎么能拒绝？是吧？”有个人调侃。

“不去玩游戏，要不然，在这里过一招？看看学生会会长是不是除了读书，什么都不会。”宁哲手捏着张井俞的衣领，准备用一招跆拳道的招式吓唬他。

他刚准备给张井俞来一个过肩摔，忽然一阵大风卷来，沙子迷了宁哲的眼睛，宁哲收手去擦，却瞥见一个黑影朝他冲来，速度快得惊人。

宁哲本能感觉到危险，身体被一股力量狠狠推倒在地上，他的屁股摔得火辣辣的疼。

“时月你怎么来了？”张井俞诧异地看着她。

宁哲错愕地抬起头，一眼正好对上满身怒气的时月，他欣喜地看着她：“是你啊！”

时月可不管宁哲的笑脸，走过去，拽起他，把他推到一棵树上，一字一句，怒气冲冲地说：“不准你动他。”

宁哲笑了起来。

他本性不坏，却行事恶劣，表达自己的感情也肆无忌惮，见到这个女生的第一眼，他就知道，他喜欢她，喜欢这个奇奇怪怪的女生，只要见到她，他体内的血液都变得滚烫起来。

“我还没问你呢，上次你跑哪儿去啦？你学田径的吗？”宁哲有一肚子的疑问，也不管此刻被时月拎着，小命岌岌可危。

“时月，别胡闹。”张井俞拉住她，怕她不分轻重，做出离谱的事情来。

“哦。”张井俞的话对她就是圣旨，时月松开宁哲，退到一边，虽然没有动手，依旧用充满威胁的眼神瞪着他。

“你叫时月？名字真好听，我们能交个朋友吗？”宁哲不怕死地问她，时月白了他一眼，不打算理他。

“我们还有事。”张井俞扯了扯时月的袖子，示意她跟他走。

“下次别让我碰见你。”时月冷着脸警告宁哲。

宁哲只是用灼灼的目光看着她，继续问：“时月，我们能不能交个朋友？”

时月留给他一个拒人千里的背影。

02

“我要上学！”

时月跟在张井俞背后，双手握拳，语气激动。

“时月，你不要这么任性。”张井俞头疼地揉着太阳穴，停住脚步，回头看着气鼓鼓的她，“学校里人多眼杂，你又身份特殊，很容易出事的。”

“我要保护你。”今天要不是她突发奇想，想来张井俞的学校找他，张井俞被人欺负了她都不知道，“我不听理由，你不答应我，我就用自己的方法混进来。”

“这个不是什么大事，只是……”张井俞想到时月顽劣的性格，惹出麻烦了，怎么收场？他没有底气相信她。

“不然我去找你妈妈帮忙，我撒谎说过过段日子才能办好转学手续，现在一直在家里待着，时间久了，你妈妈也会起疑。”时月看了看

他的表情，说出一个事实。

张井俞本想说什么，看到她坚定的表情，知道扭转不了她的想法，他无力地点头：“那……行吧。”

他的心肠太软了。

“你最好了。”时月欣喜地抬头看着他。

“嗯，你先回去，我有点事。”张井俞敷衍地说，抬脚就走，时月认出那不是去往他教室的方向。

“你是去找谁吗？”她轻声问。

“我找淼淼商量事情，现在没时间陪你。”张井俞眼里散发着奇异的光彩，说起黄淼淼的时候，他的目光是那样的温柔，藏着说不出口的爱意。

“不准你去！”时月几乎是尖叫出声。

张井俞心心念念的都是那个人类女子，她已经花了很多时间和他相处，为什么还是没有一点用？

“时月！”张井俞看着眼前嚣张跋扈的少女，脾气再好也不禁动了怒，这么长时间来，他包容她，迁就她，但不代表她可以无法无天，尤其是在黄淼淼这件事情上，他有自己的原则和立场。

“我不是你的奴隶，撇开其他不说，我们根本毫无关系，你不必缠着我，我也没亏欠你，我扪心自问对你足够容忍，现在你连我的人身自由都要限制？你为什么不想想，凭什么呢？”张井俞的语气冷得像一块寒冰，说完这几句话，扭头就走。

“阿琛……”时月眼泪不由自主地落了下来，她不知道怎么办，印象中那个人从未用这种语气凶过她，她试图忍住眼泪，但在见到张井俞头也不回地消失在林荫道后，满腹的委屈不可抑制地上涌，突然“哇”的一声哭了起来。

“是吗？你讨厌我了？”时月有点茫然，手足无措地想要去追张井俞，却发现失去了他的气味和方向，在这世上她把他当成最亲最爱的人，如今被他讨厌了吗？

她走过一段路，脚边的野花便焉了，时月披散着长发，低头看着自己脚上的一双白色运动鞋，这还是当初张井俞买给她的。

张井俞说，女孩子要懂得爱惜自己，不能光脚跑。

所以，从来没有穿过鞋的时月，开始把小巧的足塞进那些磨人的鞋子里，以前的陈琛也说过她不爱穿鞋的坏毛病，可是陈琛不会强迫她，她不穿鞋，他便抱着她走。

抱着她看过屋后的山川流水，抱着她赏过院子里的春花秋叶，是不是她睡了太久太久，世界上一切都变了呢？

时月心情低落，低垂着脑袋回了家。

“小月，你怎么啦？”沈白茶正在给花浇水，看到时月无精打采地回来，关切地问。

时月抬起头，脸上挤出一丝苦笑：“阿姨，我今天有点累，先回房间睡觉了。”

沈白茶还想说什么，门“咯吱”一声响，时月已经进去了。

时月一觉睡到晚上，张井俞回来后，左右不见她，时月的房间里一片冷寂，就像没有人存在过。

张井俞想到一个地方，他拿出那幅画，走到时月的房中打开，画中的女子哀怨地看着他，好似有灵魂，摊开的画轴，随着夜风微微抖动。

“你还在生气？”张井俞的气早消了，回想起来，时月心性如顽童，白天他的话有点说重了，现在不禁开始后悔。

“时月，我不是责怪你，只是你来到人类的世界，一切要按照这个世界的规则来，我是一个普通的学生，有要做的事，有正常的喜怒哀乐，我担心你出事了，凭我现在的能力，保护不了你，你懂吗？”张井俞苦口婆心地解释。

时月的安全，的确是他在意的事，她因为他来到张家，是他的朋友，在时月回去之前，他不愿意看到她出事。

画卷上毫无动静，张井俞没辙了，该说的他都说了，他的眼神有些不安，想去触碰画中人的脸，最后又放弃了。

“等你气消了，我们再商量上学的事情。”张井俞放下画轴，既然时月需要它栖身，他便把这幅画放在她房间。

他等了一会儿，画依然没动静。

张井俞转身，出了房间，走到院子里，时月静静地出现了，她站立在窗边，怔怔地看着他，用目光锁定他脸上的每一个表情，似乎想再一次看清这个人。

她目送着张井俞回了自己的房间，他开了灯，窗纸上，昏黄的灯光映照着他走动的影子，时月回头看向桌上摊开的宣纸，看着上面眉目清秀的女子。

“阿琛，这是你画的我呀，你觉得好看吗？”

“好看，任何时候小月都好看。”

昔日的话语浮现在眼前，一滴清泪不知不觉从时月的眼角滑下，落在手臂上。

她全心全意爱着他，处处为他考虑，真心日月可昭，她太执着于过去，似乎永远不能从这场大梦中醒过来。

不清醒的现实，就让她永远梦下去。

第二日清晨，张井俞起床的时候，时月已经和沈白茶在桌子前喝粥了，见到张井俞，她头也没抬，跟沈白茶说了声“我饱了”，背上书包出了门。

“小俞，小月说她的事情办好了，今天去上学，跟你同班呢。”沈白茶一边给张井俞盛粥，一边高兴地对他说。

“啊？啊，是吧。”张井俞没拆穿时月，对母亲干巴巴地笑着。

吃完早餐，张井俞出来，发现时月手抄在口袋，靠在旁边的栏杆上等他，见他出来，她兀自地往前走。

安静下来还挺像个学生样。

张井俞心里想着，快步走了几步，赶上时月，和她并肩去往学校。

03

一周下来，时月的入学手续办得很顺利。

张井俞是学生会长，和老师们熟悉，称时月是自己的表妹，通过引荐安排，让时月分到了自己的班级。

这一周里，时月搬了课桌和座位，坐在张井俞后面一排，说是听课，不如说是看张井俞的背影。

宁哲不知道从哪打听到时月来了他们学校，一改之前的顽劣，殷勤地出现在时月面前，但是时月根本不拿他当回事。

时月聪明，那些课她听一遍就懂了，她讨厌听到教室里叽叽喳喳地吵个不停，张井俞一心扑在学习上，没时间搭理她。

这天上自习，时月谎称肚子疼，和纪律委员打了声招呼，就溜出了教室。

时月想去树林里的一棵大树上休息，她双手背在身后，骄傲地在校园里走着，不时有男生偷偷看她。

正在上体育课的宁哲，见到操场边一抹熟悉的身影，几下就跟了上去，他跟着时月到了树林，转眼她又不见了。

宁哲在原地转圈圈，就是找不到时月的身影，他趴在地上，禁不住怀疑时月是一只地鼠，难道藏到地下去了？

“喂，你找我？”头顶上传来一个声音。

宁哲抬头，见到时月坐在横生的树枝上，手里拿着咬过一口的苹果，两条腿垂下来，一晃一晃，动作十分潇洒惬意。

“时月！”也是奇怪，见到她，他就觉得开心，连喊声里都带着藏不住的笑意。

“叫你不要跟着我。”时月把苹果吃得只剩下了一个核，嗔怒地瞪着他。

宁哲是一头桀骜的豹子，哪听得见她的威胁，抬头看她，脖子很累，他踩上旁边一块石头，爬上了时月坐着的那棵树。

额头上忽然一痛，宁哲扭头看着地上的苹果核，时月站起来，警告他：“下去！”

“你别摔了。”宁哲惊呼一声，看到时月就那样站着，不扶旁边的树枝，生怕她不小心掉下来。

“好了好了，我不爬了。”宁哲顺着树干，跳下来。

时月依旧站着，她微微眯起眼睛，眺望着围墙外，外面花红草绿，绿水盈盈，可是人类却要被关在这座高墙内，对着作业本冥思苦想，她真不明白，世界上怎么会有这么愚蠢的事？

“想出去吗？我带你去玩啊。”宁哲见到时月眼神里的向往，提议道，“我知道很多好吃好玩的地方，保证你喜欢，去不去？”

时月有些心动。

她思索了半晌，听着宁哲喋喋不休地说起外面如何如何好，撇撇嘴，手撑在树枝上往下爬，敏捷地跳落到地上。

“带路。”她对外人多说一个字都嫌烦，张井俞自然是不肯带她出去玩的，她自己又不熟，现在有一个傻瓜向导，她自然要懂得利用。

宁哲带她去了游戏厅。

时月对于玩很有天赋，游戏厅内不少男生被她吸引，围在她身后看她操作，发出一阵阵惊叹声，那些会玩长得又美的女生，她们总是耀眼得令人睁不开眼。

可惜，张井俞不喜欢她这一款。

“时月，你很厉害嘛！”宁哲递给她一瓶橘子汽水，时月扭开，仰头喝了几口，觉得酣畅淋漓。

“那是当然。”

时月也不谦虚，她很厉害这件事，又不是一个秘密。

随后，宁哲又带她去溜冰、滑雪，去了游乐场，玩到天黑才回学校，时月一看手表，离平时和张井俞约定回家的时间晚了半个小时。

“我不玩了。”时月从摩天轮上下来，急匆匆地往出口跑去。

“票都买了，还有好几个项目没玩，别浪费了，要是晚了，我送——”宁哲话没说完，时月已经跑到了出口。

宁哲紧跟其后，看时月在门外急得不行，他招手拦车，送时月回了学校大门口。刚下车就远远就见到一个人，拿着一个书包，焦急地望着来路的方向。

“你跑哪去了？”时月刚跑到张井俞面前就听见他大声呵斥道，“逃了一天课，不声不响地跑出去玩，你能不能有点组织纪律！”

时月跑得上气不接下气，知道自己错了，半个字都不敢反驳。

“张井俞，是我带她出去的，你有本事冲我来。”宁哲付完车钱，看到时月被训，几步走上前去，眼里的神情非常不屑。

“你和他一起？”张井俞的眸子里有了星星点点的失望。

“张井俞……”时月平稳了呼吸，想给他一个解释，然而事实摆在眼前，没什么好解释的。

“长本事了，我管不了，你自己看着办吧。”张井俞把书包还给她，看了她和宁哲一眼，然后，快步离开了。

“我下次不会了。”时月抱着书包跟上去。

宁哲驻足在后面，他的视线追逐着面前的女生，那个原本对他冷冰冰的女生，她愿意靠近他了，她的一切都深深地吸引着他。

宁哲从没想过，这一天，成了他十八年来生命中最开心的一天。

自从被张井俞训诫过，很长一段时间，时月十分乖巧听话。

每天老老实实地去学校，安安静静地回家，对于交上去的习题本，她会很认真地完成，她表现这么好张井俞感到很意外，请她吃了一顿肯德基。

“张井俞，我表现乖吗？”时月一手捏着一块炸鸡块，边吃边问，内心忍不住感叹太好吃。

“嗯。”张井俞头也没抬，看他的书。

然后，他的手机短信响了，张井俞，放下书查看信息，原本紧锁的眉头很快展平了。

“什么呀？”时月凑过去看。

“没什么。”张井俞迅速地把手拿开，时月恍惚中看到一个“淼”字，她不确定有没有看错，也不敢质问张井俞，经过多次犯错挨骂，她学乖了许多。捕风捉影的事，少做为好。

下过几场细雨，天空格外清澈湛蓝，白云在阳光中泛着银色灿烂的光，吃完快餐，时月和张井俞出了肯德基店门，同时，张井俞接到一个电话，是老师找他商量出游的事。

空中偶尔有几只鸟盘旋飞过，时月欣赏着四周鲜艳绚烂的色彩，像是一幅大师级别的油画。见到她发呆，张井俞主动找她搭话。

关在学校里这么久了，听到电话中确定下来的振奋人心的消息，张井俞觉得神清气爽。

“时月。”听到他叫她，她立刻回神，走到他面前，两只大眼睛盯着他，鼻子都要挨到他脸上，张井俞不习惯这么亲昵，不动声色地后仰头，“下个月我们班，2班，3班，一起去野外秋游。”

“好极了！”她灼热的气息喷在他脸上，笑得很甜，眼睛都笑得眯成一条缝隙。

张井俞也笑起来。

他们一边走，一边说起秋游要买的物品，张井俞带着她去了一趟市区，两个人买了一大包登山需要的必需品，然后喜滋滋地回了家。

04

时间一晃到了出游的日子，张井俞他们去的是红叶山，一到秋天，风景就非常漂亮。

天很高很蓝，阳光没有夏天那么酷热，在宽广的天地间，学生们忘记了平日的忙碌，每个人都显得神采奕奕。

汽车缓缓地在路上行驶，不时有笑声从车窗传出。

“时月，你晕车吗？我带了黄姜和晕车药。”宁哲不知道什么时候冒了出来，把时月旁边的人赶走，一屁股坐在座位上。

时月正在看外面金黄色的麦穗，听到宁哲的声音，她头都不想动。张井俞是这次秋游的负责人，和她不在同一辆车上，时月讨个没趣，一个人异常安静。

“哎，要不要一起听歌？”宁哲把一只耳机取下来，塞进时月的耳中，悠扬缓慢的旋律传了出来。

“笑看世间痴人万千/白首同眷实难得见……故人难见旧日黄昏/映照新颜相思之苦/谁又敢直言/梨花香/却让人心感伤/愁断肠/千杯酒解思量/莫相忘……”

时月感知到了万籁俱寂的真正意境，她的耳边有人在说话，她却发现自己无比孤独，思绪随歌声悠扬，飘荡到微风中，无迹可寻。

宁哲活泼，热情，很有生气，喜欢肆无忌惮地来挑衅她，时月也很乖张跋扈，却在张井俞的影响下，隐匿了许多。

她不想看到张井俞生气，他一皱眉，她的心也跟着难过。

出行前，她就答应过张井俞，绝不惹事，面对讨厌的宁哲，她也尽量收敛自己的情绪，上次贪玩，和宁哲跑出去惹得张井俞不高兴，此后

她便刻意拉远了和宁哲的距离。

不久后，时月搭乘的汽车先到达了目的地，学生们陆陆续续地从车上走下来。

学校周围有低矮的小山，和眼前这座比起来，可谓是小巫见大巫了，所有人下车后，大家抬头仰望着眼前这座原生态的红叶山，青山绿水，树木葱郁，简直是一个生态氧吧。

后面几辆旅游大巴也陆续停下来，学生们被分为几小队，黄淼淼，时月，张井俞全都分开了，看到这个分组，时月耸耸肩，只要黄淼淼没和张井俞分到一起，怎么样她都无所谓。

相比之下，宁哲就没那么好说话了，他软硬兼施要求和时月队里的一个人交换，强行和时月分到了一组，帮她提背包。

时月想，你提就提吧，我反正不亏。

十五分钟后，大家在各自队长的带领下，分别从不同的入口开始登山，常青树焕发着它的风采，树林中投落下细碎的阳光，处于青涩与熟透间的野果被风吹落在地上，时月一边走，一边弯腰在树下随手捡起那些落果。

“时月，像这种山林中，听说会有野兽出没，你怕不怕？”宁哲穿着一身草绿色的运动衣，前后都背着鼓鼓囊囊的书包，像是一片夹在汉堡中的青菜。

时月没工夫搭理他，捡到一根细长的柳条儿，编了一个草环戴在头上，她今日没有扎头发，穿了一身民族风棉麻衣裙，长长的头发配上她的服饰，就像行走在森林中的美丽精灵。

大家笑着闹着，往半山腰的集合点爬去，每个小分队很快拉开了距离，有人注意到最后一支队伍里有人掉队了。

张井俞作为主要负责人，收到了第七分队的求助，马上折返回去找分队长。

“怎么回事，怎么会有人掉队？”见到分队长方航宇，张井俞心里着急，脸上却十分镇定。

“黄淼淼体质弱，刚才她说休息一下，再来追赶我们，我们等了一会儿，不见她来，后面返回去又找不到她了，我们不敢走远，担心和大部队同学走散。”方航宇和张井俞对视，心里涌起无限愧疚，作为分队长他没有尽到责任。

“没关系，航宇你先带领大家前行，我去找她，这里路线不复杂，相信她不会走远，有情况我会用信号弹通知老师。”为避免发生意外，张井俞给每个队都分发了信号弹，他说完，已经转头按方航宇说的方向找去。

“那你小心点。”方航宇满怀感动地看着他，张井俞为人做事靠谱，方航宇放心地带着其余队员，往高处走去。

张井俞往林间走去，树木静静地张开双臂，迎接着到访者，阳光像金色的细沙，穿过重重叠叠的枝叶照进来，斑驳地洒落在草地上，草地上闪烁着晶莹的露珠，散发出湿润的泥土芳香。

“黄淼淼！淼淼！”张井俞呼吸着花草的芳香，往森林深处走去，

参天的青松，苍劲挺拔，排列得很密集，阳光都难照进来。

越往里面走，越容易迷路，张井俞沿路做好标记，大声呼喊着黄淼淼的名字，喊累了，他便吹口哨，黄淼淼若是遇到什么困难，听见口哨声一定会回应他。

找了将近四十几分钟，张井俞坐在一块青石上休息，隐约听到口哨声，他仿佛看到了希望，仔细辨别着方向奔跑而去，一边跑一边拼命地吹口哨。

他运气不错，在一个坡下找到了黄淼淼，黄淼淼看起来像是从坡上摔下去受伤了，她利用身上带着的绷带，给小腿做了简单的包扎。

“淼淼，你怎么样？”张井俞急得额头上冷汗直冒，他告诉自己，绝对不能慌张，这里没有一个人，信号弹也不能随便放出去，他必须救黄淼淼上来。

“井俞，我能走，只是小腿被石块划伤了。”黄淼淼撑着一根枯树枝站起来，一瘸一拐地往旁边走。

黄淼淼掉下去的地方，是一个天然的大坑，掉下去容易，爬上来困难。张井俞把背着的书包放下来，从里面拿出备用的绳子，在一棵树上打了个绳结固定好，然后想爬下去救黄淼淼上来。

看到他脱掉外套，准备舍身涉险，黄淼淼心里不安，大喊：“你别下来，等下我们都上不去。”

“我不放心你！”张井俞大喊。

“你听我的，我自己爬，你在上面拉我！”黄淼淼见绳子被张井俞放了下来，扔掉树枝，走过去把绳子绑在自己腰上，抓住绳子，寻找一处处落脚点，勇敢地往上爬。

张井俞拗不过她，看到黄淼淼费力地攀爬，只得在上面拉着绳子，减轻黄淼淼的压力，时间一分一秒地过去，等黄淼淼爬上来的时候，张井俞迅速地跑过去，一把抱住眼前的女孩，声音低沉了很多："淼淼，没事了。"

黄淼淼没有回答，她紧紧地抱着张井俞，眼泪不自觉地流了出来，先前掉下去她都没哭，见到张井俞来寻她，她却哭了。

05

好不容易两个人心情都平静了，他们的目光不可避免地对上了，那一瞬，他们都从对方眼里读到了某种讯息——那是一种类似心动的种子萌芽的讯息。

张井俞从地上爬起来，扶起黄淼淼，语气还有些后怕："到底发生了什么事？你怎么会掉进这里？"

"我走累了，本想在后面休息一会儿跟上去，突然我看到了一只受伤的梅花鹿，它看见我就跑，为了追它我掉了队。等我返回去，我发现自己迷路了，慌张中脚下踩空了，从这个地方摔了下来，手机也没信号，我无法联系你们。"黄淼淼脸上浮现温柔的笑意，"我伤势不严重，好在我帮梅花鹿处理了伤口，它没事了。"

每次面对动物的时候，她的眼睛就露出这样的光芒，一时间看得张

井俞有些恍惚。

“你啊，为了救它，却让自己受伤了。”张井俞语气里有着淡淡的心疼。

黄淼淼不好意思地低下头，想了一会儿，摇了摇头，说：“不怪它，是我自己没注意。”

她刚说完，张井俞把书包反背，一把背起她，黄淼淼惊呼一声，有些茫然地盯着他的动作。

“你这样走不行，我背你出去。”张井俞声音沉沉的。

“……好吧。”黄淼淼心里像吃了一勺蜜糖，双手圈住他的脖子，任由这个男生背起自己，走出这片森林。

回到半山腰的集合地，大家已经把带来的食物放在了铺好的餐布上，三五成群地准备用餐了。

张井俞背着黄淼淼回来，引人注目，方航宇来问候黄淼淼，并关心她腿上的伤势，黄淼淼笑容满面地回应着众人的关心。

突然，她感觉到一道不友善的目光，从她回到聚餐点就没离开过自己身上。

黄淼淼往一旁看过去，对上了时月的目光，她坐在一棵树下的草地上，白色的野花没过了她的白色衣裙，她面色冷漠，整个人散发出阴冷的气息。

黄淼淼心想，那个女生好像不太合群，其他人都在吃喝说笑，只有她静静地坐在那里，冷若冰霜。

“淼淼，怎么了？”张井俞扭开一瓶水，递到黄淼淼的手里，看到她在打量时月，笑着说，“那是时月，我们班新转来的同学。”

“没什么，不知道怎么回事，总感觉怪怪的。”黄淼淼笑着回答。

张井俞搀扶着她，扶她到一旁休息，虽然黄淼淼自己处理过伤口，张井俞不放心，又叫来随行校医，麻烦她给黄淼淼再看看。

张井俞事无巨细地围着黄淼淼打转，看不到任何人，这一幕在时月看来分外刺眼。

宁哲在另一边烧烤，这里是森林，要注意防火，半山腰这块空地是专门给游客设置的玩乐场所，有服务站和食品供应，也提供烧烤场地。

“时月，来吃烤肉了。”宁哲举着刚烤好的烤串，兴奋地递到她面前，时月却无动于衷。

“不喜欢吃肉？那吃这个，有蘑菇、韭菜……”宁哲把另一只手上的烤串伸过来。

“滚开。”

时月没办法感到轻松，看到张井俞和黄淼淼相处的画面，她的心一阵钝痛，面对宁哲的叨扰，她十分上火。

她承认，学做一个人类，她很失败。一个正常的女生，面对宁哲这种级别的帅哥，一定会万分迷恋，可谁叫他碰上了自己。

如果他再烦她，时月保证，他会死。

即便是对一朵花时月都能展现出善良，可面对聒噪烦人的宁哲，实在让她伤脑筋。

“都不喜欢吃啊，那我吃掉咯。”时月语气不善，宁哲一如往常地很有耐心，表情更是像什么都没发生过，脸上还带着笑。

一个平时和宁哲关系很好的男生凑过来想捞几串吃，宁哲脸上突然晴转暴雨，一脚朝男生的大腿踹过去，骂了声“滚”。

宁哲还是那个宁哲，只是面对时月的时候，卑微如尘埃。

吃饱了，一行人又继续爬山，一路上他们领略了迷人的风景，也感受到了自由的味道，这次秋游，大家都玩得很尽兴，太阳下山了，一伙人才乘着汽车，浩浩荡荡地回去了。

秋游后，第二天正常上学。

时月指尖玩着一片树叶，跟在黄淼淼身后，走进了图书馆。她记得来这里的目的，是要吓唬吓唬这个老缠着张井俞的女生。

她戴上了那只“灵隐镯”，隐去了身体，仔细地打量着在一排书架前徘徊的黄淼淼——一张瓜子脸，容貌清丽白皙，早霞的光照射在她明澈的眼睛之中，宛然是两点明星，很美。

黄淼淼在找书，踮起脚尖，在书架最高一层抽出来一本黑底金字的硬壳书，不由得笑靥如花，明艳不可方物。

“找到了。”她缓缓开口，手执着书脊，抿着嘴，笑吟吟地翻开一页看起来。

时月嫉妒得要命。

这个人类女子这么好看，她都差点被迷住了。

不过，那又怎样？无论如何，她都只是一个平凡的弱女子，怎么和自己斗？

时月妖娆一笑，手抚过那一排排书，手一扯，“啪嗒”掉下一本。

“没放稳吗？”黄淼淼秀眉一蹙，以为书没放稳掉下来了，她弯腰捡起那本书，把书放回原处。

接着，在她身后，又掉落了一本书。时月恶作剧一般，在走廊里跑了一路，扫落了一排书架上的书。

“怎么回事？”黄淼淼声音大起来，给自己壮胆，她明显感觉到异常，学校不是地震区，窗户关着没有风，书无缘无故怎么会落下来？

时月勾嘴一笑，捉弄人的脾气上来，嫌弄出的动静不够大，她特意绕到志怪小说那一栏，拿出一本《聊斋志异》，翻开书页，举在手中，朝黄淼淼走来。

黄淼淼看不到时月，只看到半空中漂浮着一本书，书上还画着可怕的花妖狐媚，一下子吓得几乎失声。

等她反应过来，黄淼淼尖叫一声，跌跌撞撞地冲出图书馆，大喊“救命”。

“同学，你借的书还没登记！”

图书管理员站起来对冲出去的黄淼淼喊道，黄淼淼胆小，被刚刚发生的一幕吓得魂飞魄散，一会儿就跑下了楼，跑出了图书馆，顾不上管理员的呼唤。

“咯咯咯……”时月笑起来，把手中的一本书放回去，没想到黄淼淼那么不禁吓。

图书管理员仿佛听到笑声，她走进去查看，时月敏锐地听到脚步声，手在空中一挥，地上凌乱的书，被一股看不见的风托起，很快恢复原位。

管理员刚走到时月弄乱书的这一条走廊，地上干干净净的，一切似乎都没发生过。

趁着管理员检查走廊的空隙，时月从另一个方向，飞快地走出了图书馆。

黄淼淼在图书馆遇到的事情，如果不是身临其境，恐怕没有人能够对那种感觉感同身受。

恐惧到极致的感觉，不是每个人都能体会的。

被时月这么一闹，黄淼淼病倒了，并且不敢来学校。黄淼淼的同学打电话询问她的病情，黄淼淼说出了她亲身经历的怪事，不久，关于图书馆的“恐怖传闻”不胫而走，一时间闹得人心惶惶。

第三章

画月梦·清涧

01

有人说，图书馆内住了一个“管理怪人”，人们看不见它的身体，一到晚上，它就会出来把学生们弄乱的书摆正，发出哗哗啦啦的声音，像是有人拖着铁链在地上走。

也有人说，图书馆有些书被施了魔法，不爱惜书的人，借完书还书时，如果书页破损，这些书便会自己来找借阅者麻烦。

传言版本众多，大家都有些恐慌。

宁哲好奇心作祟，拉着几个平时不喜欢学习的人，成立了“恐怖侦探社”，想要揪出这件事的真相。

月光洒在植满高大树木的小道，风中的树叶影影绰绰，掠过窗户边，宁哲猫着腰，打着一支手电筒走在最前方。

“阿哲，不……不会出事吧？”一个胆子小的男生问他，半个月前他们成立了这个侦探社，摸清了图书管理员的作息时间，趁着管理员午睡，偷偷复刻了一把他的钥匙。

随后宁哲他们买齐一些必需装备，约定今晚来夜探图书馆。

他们不知道的是，时月自从吓过黄淼淼之后，便一直留意图书馆的动向，一是怕查出她的身份来，二是她无心学习，发现图书馆如今变得很安静，适合睡觉。

白天宁哲和两个男生来图书馆溜达过一圈，时月不小心听到了他们的计划，趁着夜色浓重，新仇旧怨一起算，她决定教训教训宁哲。

宁哲紧闭着嘴唇，唇色有些泛白，说实话，他心里也没底，不过他还是回头，朝那个男生低吼："怕什么？难道怕现在就逃跑？我们有六个人，没事。"

身后的几个男生不说话了。

寂静的道路上只有他们前进的脚步声。

从图书馆后门进去，宁哲和另外五个人，悄悄地上楼，强烈的手电光穿破楼道里的黑暗，大家只听见彼此清晰的呼吸声。

"杨阳，你开门。"宁哲声音很低，他身后一个胖子听到后马上上前，掏出钥匙准备开门，宁哲见他磨磨蹭蹭，不满地踢了他屁股一脚，"快点儿。"

时月无声地笑，站在楼道底层，抬头看着上面闪烁的手电光，心中玩心大起，突然重重地叹了一口气，叹息声在死寂的夜里很清晰，宁哲他们一定都听到了。

"阿哲！你有没有听到？"一个人快速地用手电光扫向楼下，时月躲进暗处，十分幸灾乐祸。

"我听……肯定听错了，瞎说什么！"宁哲猛然回头，手指骨节泛

白，握住手电筒的手开始发抖，叹息声明显不是他们这几个人发出的。

为了稳定军心，宁哲决定先观察一阵，再作打算。

门打开了，宁哲一伙人快速地进去，偌大的图书室，没有灯光，结合图书室的各种传说，此刻黑暗中的书架像张着巨口的怪兽，看起来有几分恐怖。

时月一步一步地踏上楼梯，特意把脚步加重。

“阿哲，好像有什么人上来了！”走在最后，一个戴眼镜的男生颤抖着高声喊道，因为声音太大，楼道里还有回声。

奇怪的是，他刚喊完，脚步声便停了。

宁哲闻言，回头走到眼镜男生旁边，用手电筒在他四周照了一圈，随即皱起眉头：“你们不要自己吓自己，别丢我们侦探社的脸，哪有什么人！”

然后，宁哲他们胡乱在书架上翻找起来，找那些传说有魔法的书，书没有任何异样，宁哲他们胆子开始大起来。

“三人成虎，什么都没有，我说过了，都是自己吓自己。”宁哲把一本书丢回书架，靠在旁边，长长地吐出一口气，“我看啊，你们的胆子只有绿豆那么大，说不定——”

宁哲的声音被一个男生的惨叫声打断。

待他们几个人看清宁哲身后，尖叫声此起彼伏，五个男生连滚带爬地跑出图书室，手电筒有一支还滚落到了地上。

“我身后怎么——啊——救命啊——”一张面无表情的“鬼脸”在

宁哲的眼前放大，他吓得一屁股跌坐到地上，双脚本能地踢动着，想要离她远点。

“哇——”她突然伸长舌头，张开双臂，想要来掐他的脖子，宁哲几乎是弹跳着从地上爬起来，风一样地刮出了图书室。

热闹的图书室一下安静了下来，时月看着空荡荡的门口，听着楼道里凌乱的脚步声，嘴角勾起了笑意。

“没意思……”她只是做了一个调皮的鬼脸，就吓得他们魂飞魄散，她低声笑起来，捡起地上那支手电筒，好奇地玩着。

“今晚月色好风光，处处有花香！遇上一群胆小鬼，嘿，时月玩得好疯狂……”

手电灯光一开一关，时月踱着步子，哼着小曲儿，大大方方地走出了图书馆大楼。

那晚，侦探社的成员全被时月吓走，宁哲的侦探社自动解散了。

传言四起，几乎没有人敢去图书馆借书了，别人不清楚真相，张井俞和负责查清此事的同学沟通后，思前想后，他开始暗自怀疑始作俑者是时月。

别人，没有这么大的本事和闲心。

最近时月不和张井俞一起放学回家，她总是一个人走，晚饭时出现在饭桌上，像是在刻意回避他。

张井俞想不通，自己哪里得罪了她。

饭后，雷声响过，下起了大雨，雨从空中洒向各个角落，雨滴从屋檐、墙头、树叶上跌下，最后连在一起，形成水柱。

院子里的花草都像凝结着一颗颗晶莹透明的珍珠，水珠顺着草茎滚下来，钻到泥土里，消失了。

时月坐在凉亭里，看着雨点慢慢连在一起，像一张大网，挂在眼前，风吹过，雨帘斜了。

对面一个人，撑着一把墨青色雨伞，看着她，雨点落在他的脚下，在他的鞋边溅起一朵朵水花，染湿了青石板，染湿了他的鞋。

记忆中那人也有淡雅如雾的星眸，优美凉薄的唇，光洁白皙的脸庞上，常常透着冷峻，那个人平日里眉间总藏有化不开的愁，只有在看着她的时候，削薄轻抿的唇会微微上扬，喃喃念着“小月”。

撑伞的人迈步向前，穿过院子，扫落草叶上的水珠，跨上台阶，走到她面前。

“时月……”张井俞喃喃低语，收起伞，把它放到凉亭角落。

“嗯？有事啊？”时月笑着看着他。

“图书馆内的事情是你做的吧？我奉劝你收手，不要再捣乱了，如果事情闹大了，对你不好。”现在的形势尚且可以控制，那天夜晚图书馆内的门被人打开，而管理员的钥匙被动过，通过上报，老师已经怀疑学校进了小偷了。

学校目前没有损失，只要把所有事推给小偷，这件事的风头暂时可以躲过去。

“你是担心我捣乱，还是担心我出事？”时月问。

“这……有区别吗？”张井俞看着时月，眼里有微微的吃惊。

时月点点头：“有的。”

担心她捣乱是为了别人考虑，担心她出事是担心她的安危，这一点对于时月来说，就是区别。

“两者都有，既不希望你扰乱学校里的秩序，也不想看到你被卷进去发生什么事。”张井俞若有所思，诚实地说道。

“如果我说，我不听呢？”时月站起来，看着他，轻轻地说。

她的声音不大，却有一股执拗劲。

张井俞盯着她的眼睛，一时语塞，心里窝着一团怒火，想发又发不出来。

02

“随便你。”张井俞听完她说话，不自觉地皱起眉，“另外，黄淼淼受到惊吓的事，也是你做的，对吧？”

“是我做的。”她回答。

“为什么？为什么你要干这些事？”张井俞看着时月冷静地开口，“之前你明明说好的，不会运用法力作乱，你的承诺就这么无用？”

“那你的承诺呢？”时月微笑，“我不能明白，承诺这东西有何用？明明无用极了。”

正因为承诺过永远要在一起，她才会这么执着地等待、寻觅，可是

这又有什么用？

时月望向张井俞，他的脸色有些苍白，氤氲着怒气，时月心想，遇见他后，想要看他笑，却总是适得其反，惹他生气。

“你到底要怎么样？”张井俞咬牙切齿地问。

时月微笑着摇头，道：“我不会收手的。”

如果他的心思不在她身上了，哪怕要通过伤害别人，才能引起他的在意，她也不会在乎了。

“那就不用谈了，你如果继续任性行事，肆意妄为，总有一天，我会把你从家里请出去，我走了。”张井俞说着，拿起他的雨伞，消失在雨幕中。

雨越下越大，往远处看去，灰蒙蒙一片，树木，房子，眼泪啊，什么也看不见。

时月走出凉亭，雨点儿落在她的头上、身上，她仰面向上，闭着眼睛，张着嘴品尝着雨珠，顿时，脸颊上的泪水也被冲刷干净了。

好烦，淋雨也不会生病，病了就能够缠着他，让他照顾了。

她不知道，张井俞第二天，便火速赶去需要照顾的人身边了，时月闹了这么久，反倒把他越推越远，推到了别人怀中。

“阿姨，你起这么早呀？”

时月走出房门，迎着朝霞，伸了一个懒腰。

“早啊，小月。”沈白茶正在修剪花枝，笑眯眯地看着她。

“哦，对啦，叔叔怎么又出去了？”很久不见张井俞的父亲回来，时月在张家住了这么久，也只见到过他几次。

“他啊，呵呵，老张喜欢全国各地跑，平时教书他嫌运动少，一到放假就约上他那些朋友出去搞旅游，我性子懒散，摆弄下花花草草就心满意足了。”沈白茶放下大剪刀，又拿起锄头去给院子里锄草。

“那挺好的。”时月随口一答。

“好什么好，一把老骨头了，就知道瞎折腾。小月，早餐我给你热在锅里了。”沈白茶擦了一把额头上的汗，又说道，“小俞那孩子，一大早就去看望同学了，叫什么来着，淼淼……哎！小月你去哪儿？吃完早餐再出去——”

沈白茶话音未落，时月已经跑出了门。

如今嗅觉越来越不好用了，距离太远，她用法力也根本感知不到张井俞离开的方向，时月拿出身上一张纸，折成一只千纸鹤，双手合十，嘴里念念有词。

“带我去黄淼淼家。”时月摊开手，那只千纸鹤像一只小鸟，竟然从时月的掌心飞了起来，给她带路。

千纸鹤在空中一飞一停，时月跟在后面，小跑前进，没多久就到了一栋白色的小洋房前面。

白色的栅栏内是一个院子，院子里盛开着粉红色的花朵，雕花铁艺门紧闭，时月根本进不去，她绕到后院，左右瞧瞧，没有人，时月就像武打电影中会轻功的演员一般，轻轻一跳，跳上了高高的围墙，然后像

一只翩翩起舞的蝴蝶，落进院子。

身后那只纸鹤完成了使命，忽然燃烧起来，燃烧后从空中直直落入沟渠。

黄淼淼披散着头发，脸色惨白，嘴唇干燥，整个人像一朵快枯萎的花，她站在楼上窗边，恍惚间见到空中有一只纸鹤，纸鹤上燃起一缕烟雾，有什么烧着了，仔细一看，又什么都没有。

“淼淼，怎么了？”来探望她的张井俞削好一个苹果，切成一小块，将盘子递到她眼前。

黄淼淼摇摇头，精神状态很不好：“没呢，也许看错了，最近老出现幻觉，晚上也常常做噩梦，妈妈带我去看过医生，医生说我精神压力太大了。”

“你是不是学习压力太大？我听伯母说，你发高烧了，因此向学校申请在家休养。”张井俞不想让她知道是时月搞的鬼，怕吓坏黄淼淼。

“井俞？”黄淼淼的手抚上他的肩膀，把头轻轻靠在他身上，“我会坚强的，熬过这一段日子，我就去学校，你放心。”

张井俞的身体轻轻一抖，他低头看着眼前这个柔弱的女生，克制住了拥抱她的冲动，手轻轻拍着她的背，声音在她的头顶上方飘散：“我相信你。”

时月全身僵硬，连头都忘记偏过去。

她翻墙闯进黄淼淼家，偷偷爬上阳台，找到他们，见到的就是这样令人心碎的一幕。

时月的心，在阳光下一寸寸化为灰烬。

“嗤——”一声冷笑让黄淼淼回过神来，她抬头看到阳台上，有一个人正用炯炯有神的眼睛瞪着她，黄淼淼擦擦眼睛，探出头去看，人影又消失了。

她苦恼地把脑袋缩回来，靠在张井俞的肩头，突然屋内刮起了一股大风，窗户被风吹得哗啦作响，摆在角落里的古董花瓶“砰”的一声碎裂在地。

“出了什么事？”张井俞慌忙喊了一句，只感觉一股力量直袭他的胸口，逼迫他放开黄淼淼。

耳边传来黄淼淼一声尖叫，她被这股怪风推坐到一把椅子上，黄淼淼刚想站起身，又被一只无形的大手压住。

“井俞！井俞！”黄淼淼挣扎着向他伸出手，张井俞想去拉她，猛地被扯得后退一大截，他准备继续往前走，时月的声音在耳边冷冷地警告他“你敢”。

张井俞动了怒，手一甩，吼道：“你出来，别装神弄鬼！”

空气中响起响亮的巴掌声，时月戴了“灵隐镯”隐匿了身体，却还是能被触碰到实体，张井俞甩手的那一瞬间，刚好打在她脸上。

张井俞想必也意识到了这一点，他的手微微颤抖，屋内的怪风渐渐停了，黄淼淼惊叫着投入张井俞的怀中，大声哭起来。

时月捂住胸口，不敢相信张井俞会动手打她。

她收了手，望着眼前相拥的人，眼睛微微闭上，似乎感觉到空气中

悲伤的气息。

然后，她转过身，走向阳台，离开了。

03

月光沉静，笼着一汪清辉，洒在院子里。

月光下，一个瘦小的影子坐在秋千上，随着秋千荡来荡去，叶子一片一片地飘落，灰白的空气中，俨然能哈出寒冷的白气。

快入冬了。

时月光着脚，一只手提着一挂葡萄，一只手不时摘下一粒抛到空中，秋千荡过去，葡萄落进她嘴里，竟没一颗浪费的。

她又恢复了初次见他的那身装扮，白色的纱裙裙摆垂至地上，双髻在空中左右摆动，脚踝上的铃铛发出悦耳的声音。

张井俞陪黄淼淼陪到半夜，回家便见到时月这副悠闲的模样。

“时月！”张井俞的声音无比低沉，语气甚至有些严厉，白天她搞出那么多事，没想到她此刻这么闲逸，都怪他心太软，竟然由着她胡来，差点吓到黄淼淼住院。

时月仿佛没有听见他说话，反而慢慢闭上了眼睛，幽幽的凉意随之传来。

“我说过，你继续任性行事，肆意妄为，总有一天，我会把你从家里请出去。”张井俞站在时月身后，居高临下地看着她。

“唔……所以呢？”时月睁开眼睛，吐出一粒葡萄籽，脸上的表情毫不在乎。

张井俞挑眉，毫不客气地说：“我没想到，这一天来得这么快。”

“你要赶我走吗？”秋千不晃悠了，时月平静地问。

张井俞一怔，望着时月魅惑的眸子，一下子不知道该怎么接话。

“是你违反约定在先。”他说。

时月的嘴角弯起一个嘲讽的笑，轻声说：“好啊，我走。”

回到房间，时月对一切毫不留恋，张家那幅古画不能带走，她只拿了那幅张井俞画过的残画，藏于袖中，不出三分钟，走了出来。

时月担心张井俞有顾虑，率先开了口：“我暂时不会作乱。”

“你保重……”张井俞怔怔地望着她的脸，忘记了多言。

时月眼里的最后一丝光芒熄灭。

张井俞惊讶地张大了嘴，与此同时，他看到院子里的花朵明显受到一股巨大的力量，绽放的花朵纷纷从枝头坠落，月光像冰一样冷，冻得他全身都凉透了。

他不由自主地捂住胸口，为什么会感觉到心痛？时月浅笑，让他感受到自己的一份痛苦，也算解了那一巴掌的恨。

张井俞目送着时月走出大门，直到她消失在黑夜中，胸口的不适感才减轻了。

“阿琛，我一定会没事的。”

离开张家，时月望着夜空，语气坚定地说。

两天后，学校教务处放广播通知，图书馆发生的事是因为进了小偷，目前小偷已经被抓住了，自从时月离开后，图书馆的恐怖传言才慢慢散去。

时间如白驹过隙，流逝无痕。

一日，张井俞心血来潮，打开那幅古画，意外发现画纸上的画像流下了眼泪，他有点于心不忍，会不会做得太过分了？

沈白茶不知道时月离开的事，问起张井俞，他说时月和舅舅到国外去了，也许以后都不回来了。

学校里时月许久没来上课，其他人不在乎，宁哲却百般询问张井俞时月的下落。张井俞以为时月再也不会回来，所以随便找了个理由搪塞了过去。

下午，放学铃声响起。

张井俞收拾书包就往学校外面走去，校门口一下子热闹起来，学校修建在半山腰，有不少家长开车来接孩子，山脚下有公交站牌，许多学生开始等车回家。

张井俞心不在焉，自从时月走后，他老是习惯性地走神，他在分岔路口等待，斑马线对面，红灯亮起，他下意识就往前走，一只手抓住他的书包带子，把他扯了回来：“学生会会长，你不要命了？”

张井俞回头就看到宁哲，宁哲松开他，嘴角荡开一个痞痞的笑。

“时月去国外了，要我说多少次你才相信。”张井俞有点无奈。

这个星期内，宁哲在校园和路上，堵了他无数次，每次都是围绕同一个问题。

“时月去哪了？”老天，果然他又开始问了。

“我不知道。”张井俞一副破罐子破摔的心态。

宁哲拍拍他的肩膀，笑着说：“先是说去国外，然后说去旅游，现在说不知道，张会长，你是不是记性不好？”

“这次是真不知道，她没手机，我没她行踪，就是这样。”时月来到这个世界，从未用过手机，现在张井俞才知道，时月离开后，他彻底失去了她的消息。

“算了。”宁哲郁闷地低下头，自顾自地走了，剩下张井俞一个人站在站牌下，发了很久的呆。

张井俞回到家，晚餐还没做好，他去了时月的房间。

床上铺着时月的枕头被套，柜子里挂着时月的衣服，书桌上是时月的摆饰，可是它们的主人离开了。

张井俞坐在时月的房间内，取下那幅古画，手抚过那幅画卷，心中一片茫然。

他本意不是赶她走，只是希望时月能知错就改，尊重这个世界的规律，不乱发脾气，不乱用法力，给他人造成负担。

但愿，她会明白他的苦心吧。

张井俞推开窗，发现天空中飘起了白色的小花，下雪了。

雪花像蹁跹的粉蝶，随风飘扬，冥冥之中掩过大地，不知不觉对面的屋顶上已是白茫茫一片了。

“小俞，来喝排骨汤了，天气冷，给你暖暖胃。”沈白茶推开门，带进来一阵寒风，张井俞连忙起身，接过母亲手中的碗。

“唉，也不知道小月那孩子在国外过得好不好，也不打个电话回来，这屋子我天天给她收拾，盼着她回来。”沈白茶扫视了一下屋子，伤心地出去了。

张井俞愣住。

等母亲走远了，他才把视线从窗外移到手中的青花瓷碗上，热汤冒着浓浓的香气，温暖了整个心窝。

时月离开时，没有带行李，没有穿鞋，她身上没钱，这么冷的天，不知道过得好不好？

一股酸涩忽然涌上张井俞的心头，说起来，时月在这里无亲无故，只有张家是她唯一的住所，他怎么就舍得说那么重的话？

张井俞站直了身体，望着时月离开时走过的大门，心绪复杂地说：“你在外面吃够苦，明白错了，就回来吧。”

一切都是她的顽劣心性惹了祸，只要学会长大、换位思考就好了！时月怎么就不明白呢！

真是让人心烦啊。

04

大雪下了几夜，世界变得幽雅恬静。

这一日，雪花仍旧肆意地绽放，洁白的雪如白色的蝴蝶，在这座城市上空，画着翩翩的弧线。

一朵雪花飘到洋槐树上，又一朵雪花从树旁的玻璃橱窗飘落，变成了地上一滴水，橱窗上方的牌子，挂着“宠物医馆”几个字。

“一点都不挣扎，它们不怕痛吗？”

半人高的柜台前，一个年轻的女孩子伸长脖子，看着另一个女生抱着一只萨摩耶，正在耐心地给它打针。

外面是童话般的冰雪世界，街道上空无一人，这家宠物医馆的壁炉内冒着柔柔的火光，散发出的温暖将人包围。

医馆内整体装修温馨，门口放着一只可爱的红色小木马，墙壁上挂着几米的唯美漫画，进门左手边，会客的地方摆着懒人沙发和茶几，角落的花瓶里插着几支猩红的寒梅，淡淡的梅花香气萦绕在屋子内。

进门右手边是一排整齐的书架，上面摆放着宠物用品、食品和药品，几张天蓝色的小床上，是给宠物们提供休息、养病的地方。

冬天来宠物医馆的顾客很多，今天难得清闲，只剩下两只宠物，一只感冒的萨摩耶，一只爪子受伤了的小猫。

听到女孩子的问话，黄淼淼清丽的脸上浮现一个温柔的笑容，然后低下头，轻轻抚摸着萨摩耶的脑袋，给它打完针，对女孩子说：“宠物也像人一样，需要安抚和关怀，你跟它讲清楚打针的原因，它们不会闹腾的。”

“啊……”女孩子伸出食指，小心地戳了下狗狗的爪子，立即缩回手，“这样啊。”

“你把它抱回到病床上休息，我看看猫的伤势。”黄淼淼说着，一边拿着医药箱走过去。

“抱抱抱……它？”女孩子闭了闭眼睛，目光透着一股显而易见的拒绝，她犹疑地问，“不会咬我吧？”

“不会的，贝贝很乖。”黄淼淼眼神专注，一心在给猫治疗，这两只宠物的主人都要上班，暂时把生病受伤的宠物寄放在店内了。

“小月？”见到女孩子一动不动，黄淼淼推了推口罩，眼神里表现出疑惑。

的确，现在搓着双手，脸上泛起了为难的苦笑，用不善的眼神扫了一眼萨摩耶的女孩子就是时月，三天前她来到黄淼淼家开的宠物医馆，成了一名工作人员。

“没、没有……我……”时月有点慌，她作为一只花妖，以前打交道的全是植物，头一次要抱一只这么大的动物，她心里挺别扭的。

“汪——”

“啊——”

两道叫声同时响起，本来趴着的萨摩耶，忽然直起了身体，吓得时月后退了一大步，双手交叉呈防御状挡在胸前。

“……可能你吓到它了。”黄淼淼不知道该说什么，走上前，抱起萨摩耶，亲昵地蹭了蹭它的脑袋，安慰它，“乖，没事的。”

原本情绪激动的萨摩耶，在黄淼淼低沉轻柔的声音中，慢慢安静下来，最后蜷缩在她怀中，委屈地呜咽着。

黄淼淼打开里面一张门，里面是一个小型的休息室，摆放着七八张病床，她把狗放到病床上休息，用十多分钟，治疗好猫咪，也安妥好了猫咪。

“你多学学，时间久了，就知道怎么和它们相处了。”

黄淼淼脱掉手套和口罩，洗完手，打开一点点窗户通风透气，倒了两杯玫瑰花茶，安安静静地坐到沙发上。

“你怎么脾气那么好？你不发脾气的？”

时月感觉好窘迫，不服气地坐到沙发上，拿起茶喝了一大口，黄淼淼还来不及叫住她，时月立马把茶水喷了出来，用手扇风，喊道：“好烫！好烫！”

“你小心点，怎么老这么毛躁。”黄淼淼手快地扯过几张纸巾，给她擦嘴角，然后起身，重新给她换水。

壁炉里的火呼呼燃烧着，映红了时月的脸庞，时月擦着嘴角，神情复杂地望着黄淼淼踮起脚尖，从橱柜里拿玻璃杯，试水温。

“干吗看着我，怎么了？烫傻了？”黄淼淼转过身来，把一杯温水递到时月的手里。

“没。”时月懒懒地回答。

黄淼淼这样的女孩子，对所有人都很好，跟张井俞简直是天造地设的一对，时月感到一阵失落，这种温柔的性格，她无论如何也学不来。

“时月！原来真的是你！”一个带着惊讶的男声突然在门口响起。

时月和黄淼淼同时向声音来源处看过去，只见张井俞裹得像一头棕

熊站在那里，眼神里充满了光芒。

“井俞，你来了！”黄淼淼双颊染上绯红，走过去很自然地帮他一起取下厚厚的围巾，嗔怪道，“你过来怎么不先打声招呼？”

张井俞看着她的样子微笑：“我去了你家，阿姨说你在医馆，我直接过来了。”

他说完，往沙发边走，黄淼淼默默地把他的围巾挂到一旁的衣帽架，给他倒了一杯热茶暖手。

“你怎么来了这里？”张井俞问时月。

时月眼睛在屋内乱瞟，咬紧了牙齿，不回他的话。

“小月是宠物医馆的一名工作人员，本来她是自愿来的，不过我和妈妈商量过，还是按照正常员工开给她工资。”黄淼淼淡淡一笑。

“是吗？”张井俞冷笑，有过前车之鉴，他唇边泛起一丝不相信。

见到面色不善的张井俞，黄淼淼尴尬地咳嗽了一声：“井俞，小月是我朋友。”

时月笑了，先是满意的笑容，然后笑容慢慢冷却，最后凝固成一抹冷酷的嘲讽，她起身，故意推开窗户，任由冷冷的北风吹上她的脸。

她穿得单薄，里面是换季前的衣裙，外面罩着一件红色毛呢斗篷，脚上穿着驼色的毛绒靴子，寒风吹来时，时月打了一个响亮的喷嚏。

“小月，你这样会感冒，快关上窗。”黄淼淼十分操心，走过来，不顾时月的蛮横阻拦，一把拉上推拉窗。

周围安静了一会儿，过了片刻，时月赌气似的开口：“屋里太闷，我出去了。”

随着一阵冷气从身边卷过，那个火红的身影已经冲出去了……

05

外面的雪已经停了，街道经过清理，积雪还有鞋面那么厚，时月踩在“咯吱、咯吱”的雪面上，大步往前走。

走了一段，她停下来，偷偷地往后看，没有人追出来。

“张井俞，我恨你。”时月气得一跺脚，对着旁边的一棵树踹过去，纷纷扬扬的雪沫洒下来，落了时月满身。

寒冷的西北风呼啸而过，入眼即是一望无际的白，时月一身红色，像一团火，在雪白的地毯上前进着。

绕了大半个圈，走进一条两边都是梧桐树木的大道上，前面一个人直直地站立着，像是等待她多时。

时月焦躁不安的心，忽然就安静下来了，她的心底生出几分窃喜，脸上依然冷若冰霜。她双手背在身后，看也不看地朝张井俞走去。

“时月，淼淼的病刚好，你不要再去吓唬她。”张井俞迎面向她走来，走到她眼前，立住。

“哦。”时月倒是不在意地点头，忍不住解释，“我没吓她，只是想和黄淼淼接触下。”

“你为什么——”

“想看看她多好，你才会这么保护她爱护她。”时月打断他的话。

张井俞脸色颇不自然，扯开话题：“你很久没去学校，耽误了不少功课，我跟老师说你家里有事，自作主张给你先办理了休学手续，你没意见吧？”

“无所谓，反正我不是因为这个去的学校。”时月一边说一边含笑看着他。

张井俞感慨于她的直白，知道时月反感，也没过多地说教，轻声问：“你和淼淼接触我没意见，你能答应我，无论如何都不会去伤害淼淼吗？”

“能。”时月满脸真诚。

张井俞看着她，突然露出一个让人意想不到的笑，他看着这个许久不见，开始讲道理的女生，轻轻叹了口气：“淼淼还在担心你，外边冷，我们先回去？”

时月跑出来的目的，就是看他会不会出来寻她，现在目的达成，时月不是傻子，她也不想在外面受冻。

“好啊，回去。”她转身就想走。

“走这边，我抄近路才赶到你前头。”张井俞伸出手，把时月扯过来，扭转了一个方向。

有什么了不起！

时月回头，用力瞪着男生的背影，但张井俞已经走远了几步，时月只得加快脚步，跟在他身后。

两个人沿着雪地走了一会儿，回到了宠物医馆。

“小月，你回来了。”黄淼淼依靠在门边，抱着一个热水袋等待，见到时月，把热水袋塞进她怀里，“我怕你喝水又烫到，给你又倒了一杯水，外面冷，你肯定冻坏了，你先抱着这个。”

黄淼淼见她愣住，展颜一笑，像是在安慰她：“之前你烫伤没有？一下子掺和这么多事，我都忘了问了。”

“没有，好着呢。”时月吐吐舌头。

黄淼淼点点头，然后看着张井俞轮廓分明的脸，向他问起一些考试笔记的事，黄淼淼病好后就回了学校，功课落下一大截需要赶上来。

宠物医馆是黄淼淼的妈妈开的，黄淼淼喜欢动物，心思细腻，学习不忙的时候，常常会过来帮忙。

时月坐在沙发边，看着桌子旁低声讨论的两人，突然不那么厌恶了，耳边的嘈杂渐渐远去了，她的心有些失落。

那日从张家出来，她去了一趟森林玩耍，虽然她是妖，但她畏冷，冬天的寒气愈重，她愈想找一间温暖的屋子住。

思前想后，她决定接近黄淼淼，老实说，她这次来真的没半分恶意，和张井俞说的话也是真心的。

她只想弄清楚，自己究竟在什么地方输给了这个人类女子。

时月找到黄淼淼，说清了自己的情况，没有地方去，黄淼淼上次秋游见过时月，耳根子软，和妈妈商量后，答应让她来，还给时月安排了住处。

黄淼淼知道时月无依无靠以后，像个姐姐一样关心她，短时间相处

下来，时月对她也徒增了几分好感。

黄淼淼，好像没有她想象的那么讨厌。

与之相反，她很好很善良，是自己比她坏多了。

傍晚时，萨摩耶被它的主人接走了，那只猫的主人没时间过来，黄淼淼需要送它过去。

时月接下了这活儿。

“喵……”走了一段路，听到一声轻不可闻的猫叫，时月缓慢转身过去，随即摸摸鼻子笑了，只见一只黄白相间的花猫死抱着爪子，恰好卡在了一户人家院子的栅栏缝中，树叶落在它身上，簌簌而落的雪花粘了它满脸，脚下没有支撑，猫便不停地扑腾着。

“笨猫。”时月带笑，心中的烦闷竟也渐渐消散了。

她点地起身，飞快地跃向了旁边一棵大树，左手环小猫，右手勾住花猫的脖子，用掌劲分开栅栏，将它带了出来，一并落到地上。

“遇上我，算你好运。”时月说着放下猫，看着它飞快地跑走了。

把手中的小猫送到顾客的家中，那人万分感谢，还给了时月一把糖果。夜色宁静，雪地反射出刺目的白光，而时月的心情也随着夜的静止而静止了，张井俞在黄淼淼家吃了晚饭，帮黄淼淼辅导功课。

时月对那些算术题可是没半点兴趣，索性借着出来送猫，透透气。

她发现自己竟然不吃醋了，也许认为他们很般配吧。时月想着，心里竟然莫名地扯出了淡淡的苦涩。

记起来黄淼淼要她买猫粮，时月往宠物食品店走去，风水轮流转，想不到她时月也有心甘情愿给别人跑腿的这一天。

以前买东西，都是张井俞付钱，现在的花费，黄淼淼提前预支了工资给她，从来没有赚过钱的时月，第一次拿着钞票，觉得它分外好用。

“买五份猫粮。”时月咬着一根棒棒糖，把几张红色的钞票拍在收银台上。

服务员微笑地看着她，做出一个“请”的手势：“您自行选购，我们家猫粮有不同的口味。”

原来要自己购买，时月缩回手，把钞票揣回兜里，随意地在超市内逛起来，买完猫粮，时月走进旁边的一家甜品店。

椰丝蛋糕、草莓慕斯、奶油甜筒、巧克力饼干……时月看到什么，统统买了下来，直到那几张红色的钞票从手中消失，变成了几枚硬币，时月才发觉她提前花光了一个月的工资。

提着一袋子物品回宠物医馆，不知过了多久，一阵脚步声由远及近地响起，时月下意识地躲到一边。

“淼淼，你有不懂的地方就问我，明天我再过来。”张井俞肩上落了细雪，开口说道。

“好，我们明天见。”黄淼淼迟疑了一下，伸手给他拂去雪屑，就在她踮起脚尖那一瞬间，张井俞忽然倾身，伸出手轻轻地抱了她一下，“明天见。”

张井俞眼中，流溢着时月从未见过的温柔爱怜。

时月望着远处的一对璧人，微微垂眸，听到胸腔中传出好像碎片裂开的声音。

一时之间，心痛入骨。

第四章

画月梦·执念

01

期末考试后，学校放寒假了。

时月住在宠物医馆楼上的一个单人间里，黄淼淼和朋友们出去玩的时候，她一个人显得很孤单，时月不太喜欢跟陌生人接触，每逢黄淼淼叫她一起去，她都推辞了。

连续半月的大雪过后，城市变得热闹起来，街道两旁的门上，到处贴着一副副对联，墙壁上有精美绝伦的壁画，有令人眼花缭乱的大鲤鱼年画。

黄淼淼出去了，店内还留有一个工作人员，时月便偷偷溜到外面玩，走到街上，看到天空是火树银花不夜天，家家灯火通明，大红灯笼挂满了大街小巷，时月了解到，这是人们准备迎接一个重大节日——“除夕”。

距离大年三十只剩下几天了，人类过年，家人们要团聚在一起，时月的心一片冷寂，人类有亲朋好友，只有自己似乎总是一个人呢。

有一个小孩点燃了一个礼炮，烟花首先喷出一团金色的火焰，火焰射向天空，“砰——”的一声，在空中爆炸成一朵怒放的花朵，把夜空都照亮了，时月吃着一串冰糖葫芦，眼睛都不眨地看着这神奇的一幕。

最近这一片都洋溢着节日的气息，时月一回头，见到一个人站在灯火阑珊处，天上礼花朵朵，像是银色的流星，他踏着轻盈的步子来到她面前。

“时月，跟我回去吧？”张井俞轻声说。

时月歪头看着他，脸上虽然在笑，但眼里多了一分探究的意味。

张井俞望着她，忍不住皱眉：“你一个女孩子，长住在宠物医馆总不方便，我妈老念叨你，盼着你回家，所以，跟我回去住，好不好？”

“回家……”

原来我也有家，时月垂下头，有些泄气地叹了一口气。

见她这个样子，张井俞反问：“怎么了？”

“哈哈！好啊！”时月把那串没吃完的糖葫芦塞到张井俞手中，像是一阵风跑进了宠物医馆，十五分钟后，她拖着一个小型行李箱回到了张井俞面前，咧开嘴冲他笑，“走吧！”

“这么快？”张井俞惊讶地看着她手中简单的行李。

“呵呵，我行李少，办事效率高，只需要装一点零食啦。”时月马上就要走，张井俞无奈地摇头，帮她提起行李。

兜兜转转绕了一圈，时月又回到了张家。

沈白茶见到时月回来，高兴得差点掉眼泪，张兆睿正在院子里的石桌上写对联。

时月蹦蹦跳跳跑到他面前，甜甜地喊了句：“张叔叔好！”

“哎，小月，好久不见了。”张兆睿下笔遒劲有力，一行洒脱的毛笔字出现在红色的纸上。

“对呀，您老是出去玩，我们见面的日子不多。”时月帮他研墨，另一边，张井俞在帮他母亲一起挂灯笼。

“小月，你过年是去国外，还是在国内？”张兆睿活动了一下手腕，换了一边开始写字。

时月帮他把纸张铺平，可怜巴巴地回答：“我舅舅去国外了，我一个人在国内，孤零零的，好没趣。”

“今年和叔叔家一起过年。”张兆睿乐呵呵地说。

“好呀，我把行李都拿来了，希望你们不要嫌弃我。”时月等的就是这句话，眉开眼笑地看着他，张井俞听着她编瞎话编得滴水不漏，哭笑不得。

“小月，等会儿陪阿姨出去买点年货，我对货物单，发现漏买了几样。”沈白茶拿着一张纸，凑近在看，对时月说道。

“遵命！”时月站起来，恭恭敬敬地敬了一个礼。

三个人都被她逗笑了。

时月陪沈白茶去买年货，没想到会在超市内碰见一个人。

她帮沈白茶推着购物车，脚踩在车底的横杠上，在不同的食品区滑来滑去，就在她拿起两瓶饮料，在考虑买什么口味时，一个异常尖锐的声音传入她的耳中。

“时月！时月！真的是你啊！哈哈哈……”宁哲在旁边的麦当劳吃东西，无意中发现她，挥舞着双手跟她打招呼，像是一只挥着钳子的大螃蟹。

晦气，怎么会遇见他？

时月随便拿了一瓶饮料，背过身推着车子，走到了蔬菜区，想装作不认识他的样子，没想到宁哲手一撑栏杆，翻进来，几下就追上了她。

“你怎么看见我就走？你知不知道，我好想你。”宁哲手拼命在她眼前晃，要不是这里人多，时月绝对会拎住他的衣领，把他丢出去。

“你让开。”时月见赶他不走，自己便瓮声瓮气地往前走。

“哎呀哎呀，时月，你给我个联系方式吧？手机号？微信？”宁哲倒退着走，一边拿出手机，怕她又不见了，“无所谓了，随便，只要能找到你的，什么都行。”

“没有。”时月把推车重重地撞上他的脚，宁哲抱着脚，一跳一跳地喊“哎哟”。

趁着他愣神，时月快速地从他身边走过，宁哲手速非常快地拉住推车，时月没法子，松了手，气鼓鼓地瞪着他：“喂，小心我打你啊！”

“我不怕……”宁哲下意识地挡住脸，时月拿起一根莴笋朝他的脑袋敲过来，嘴里骂着：“叫你闹，叫你闹，打坏你的头。”

宁哲抢过莴笋，嬉皮笑脸地说：“别别别，打坏要赔钱的。”

“烦人！”时月把那根莴笋丢回原处，伸出一根手指头指着宁哲，恶狠狠地说，“不准跟着我。”

宁哲还没来得及说话，只感觉后脑勺猛地一疼，眼前都开始冒星星，缓过神后，他震惊地望着时月把一个榴梿放回果架，拍了拍手，推着车往前走去。

沈白茶找了半天，看到时月，冲她招手：“小月，东西买好了，我们去结账。”

时月应了一声，听到身后“砰”的一声，有人发出尖叫。

“有人晕倒了！”

“好像被榴梿砸了头。”

“快叫救护车……”

时月嘴角勾起一丝残酷的笑。

叫你惹我，不给你点颜色瞧瞧，真当我是软柿子，那一下时月下手有分寸，宁哲估计半个月都要在医院度过了。

“小月，那边怎么回事？人怎么都朝那里聚集去了？”沈白茶一边结账，一边好奇地往后面瞅。

时月“哦”了一声，像个大力士，提起那两袋东西，微笑地看过去："不知道啦，好像是说有个傻小子，被榴梿砸晕了。"

"被榴梿砸晕了？天呐，怎么会发生这种事？"沈白茶和时月一起走出来，惊讶得嘴都合不拢。

"是哦，可能他在练特别的杂耍，失手了吧，嘻嘻。"时月挽着沈白茶的胳膊，带她走出超市，沈白茶要分担一下她提的购物袋，时月不肯，跑得飞快。

02

盼啊，盼啊，终于到了过年这天。

一大早，天才蒙蒙亮，时月就被张井俞叫醒了，他们家按照乡下的习俗，过的是早年，餐厅内摆上了大圆桌，菜色丰富。

上菜完毕，敬完先祖，张兆睿放了一挂响亮的鞭炮，炮声过后，时月和张家人一起吃饭，沈白茶不停地往时月碗里夹菜，要她多吃点。

"妈，她吃不了那么多。"张井俞看到时月的碗里堆成了小山，提醒道。

时月小鸡啄米一样点头："吃得下，我胃口大。"

"小月，你敞开肚皮吃，在叔叔家别拘束。"张兆睿抿了一口小酒，脸色微红，用父亲宠溺女儿的语气对她说。

"好，唔……我会的……"时月边咀嚼食物，边艰难地说话。

张井俞给她倒了一杯水："你慢点吃，没人跟你抢。"

沈白茶把两只大鸡腿，给时月和张井俞一人夹了一个，笑道：“看到现在这样，我打心眼里高兴，妈妈真希望，以后也能这样就好了。”

张井俞脸色不自然，夹了一块糖醋排骨塞进母亲的嘴里：“妈，你胡说什么。”

沈白茶见到儿子不开心，讪讪地吃菜，不再多说话。

“嘿嘿……”时月听懂了沈白茶话里的意思，咽下一大块肉，小声笑起来。

吃完早饭，沈白茶去房间里补觉了，张兆睿在客厅里舞文弄墨，创作新的画作，而张井俞挨个给他的朋友们打电话，送祝福。

时月见张井俞拿着一个小黑匣子，里面传出声音，觉得很稀罕，其实她在外面也见过不少人拿这东西，一直不知道它的名字。

“张井俞，你在玩什么？”时月喝着一盒酸奶，忙不迭地跑到张井俞眼前，好奇地看着他手中的“玩具”。

张井俞挂了电话，把屏幕给时月看，滑动页面给她解释：“这是智能手机，方便联系的。”

“哇哇哇，我也想要。”时月手指点上屏幕的音乐播放器，低缓优美的旋律传了出来。

“嗯，你是需要一个，上次你离开，我根本找不到你。”张井俞思考着，他今年的红包没了。

时月心里微微一暖，点了点头：“你真好。”

下午，张井俞便给她买了一只粉色的新款手机，告诉她怎么充电，怎么使用基本功能，时月无师自通，还下载了几款游戏，一个人玩得不亦乐乎。

夜晚的街头非常热闹，鞭炮声不断，晚上大家一起守岁，告别逝去的岁月，憧憬新一年的美好。

时月刚学会使用相机，兴奋地拿着手机到处拍照，捕捉了不少美丽的瞬间。

夜晚十二点的时钟敲醒，时月满怀激动地呼喊着："过年万岁！我爱过年，新年真美好！"她第一次经历这么热闹幸福的新年，抑制不住喜悦的心情，闹到两点多才睡去。

接下来几日，时月跟着张井俞一家，去给街坊邻居拜年，然后张兆睿开车带他们去了郊外，拜访张井俞的外婆。

郊外，风景秀丽，空气清新。这日，趁着暖暖冬阳，张井俞带时月出去玩。

他们找了一处有水有山的地方。

"张井俞，你还会吹口琴？"时月跷起腿，躺在一个自带的秋千绳上，被太阳晒得懒洋洋，闭着眼睛问他。

张井俞没有回答，时月听着听着，不知不觉睡着了。

口琴声回响在耳边，这美妙的声音似乎在梦中也一直回响着，围绕着，不曾断过，沉睡中的人缓缓睁开眼睛，竹林，茂密而碧绿的竹子，

清新的竹香，令人心情好得不行。

竹林里白雾萦绕，搭起来遮阴的简单竹藤架下，隐隐约约可见一个少年，他悠闲地躺在青石上，直射的日光有些许落在他身上，他眼眸合敛，一根竖笛在手，吹着一首古老的曲子，仿佛已经吹了许久，许久。

口琴怎么变成竖笛了？

时月擦擦眼睛，看着那个熟悉的身影，忽然有种天荒地老的感觉。

有这么一刻，她感觉自己又回到了很久以前，身边的一切像梦，又那么真实。

“小月，醒了？”轻柔如雪的嗓音响起，少年放下手中的笛子，漫不经心地笑笑，他不是张井俞，张井俞不会这样叫她。

“阿琛？”时月喊他。

少年没有回答，他的眼光穿透竹叶间的缝隙，扫过天空，嘴角依然挂着一丝莫测的笑意。

“你过得可好？”少年端起一旁的茶碗，轻轻地吹了一下，嘴唇轻轻开启，长长的眼睫盖住深不见底的眼眸。

“你是阿琛。”见到他喝茶的样子，时月确定了是他，陈琛喝茶便是这样，一定会轻轻地吹一下，再慢悠悠地喝下，每次都让她以为茶很好喝。

但当她抢过陈琛的茶碗，大口饮下时，却苦得要命，陈琛说她是“蛮牛饮水”，喝不出茶味。

时月记得自己是在竹林中听张井俞吹曲子，现在见到的人，是梦境？还是自己的幻觉？

无论是什么，见到了他就好。

时月喘了口气，自语道："我不好，过得不好……"

"不好吗？是啊，我离开太久了，回了该回的地方，无法照顾你了。"他抿了一口茶，轻轻道。

时月还想再问些什么，对上他沉静的带些微笑意的目光后，却什么都问不出来了。她静静地看着他，仿佛怕他下一秒就消失了。

过了许久，他放下快见底的茶碗，起身摘了一片嫩竹叶含在口中，慢悠悠地道："我该走了。"

少年说完朝竹林深处走去，雪白的衣衫在风中轻轻拂动，划过细小的竹叶片，零碎的日光透过竹叶之间的缝隙打在他身上，不染尘世，走了几步，他又回过头来，望了时月片刻，露出高深莫测的一笑："小月，忘了我吧。"

"阿琛！"时月从青石板上爬起来就去追，但是她前进一步，少年就走远一些，追到最后周围只剩下浓重的白雾，什么都没有。

睁开眼睛，眼前是葱绿的竹林，破碎的日光，时月伸了一个懒腰，枕着双手看着湛蓝色的天空。

时月苦笑，果然是梦啊……

03

时月看向一旁，张井俞靠着一棵柳树正在垂钓，也不知道现在这个季节有没有鱼，张井俞看起来不在乎这个，他一边钓鱼，一边在看书。

时月也落得清闲，从秋千上翻身下来，抱膝坐在一块青石板上，闻着竹叶的清香，眼睑半合，慵懒至极。

竹间清风吹来，在耳边轻响，真是个宁静而清闲的好地方。内心有一种融合天地般的平静，一种清明的平静。

梦中的人要她忘记他，忘记？脑中的记忆重叠，很疲倦，内心曾经漂浮不定，现在忽然觉得，一切也没有那么重要了。

梦终归是梦，眼前的一切是真实的，曾经一味地执着，在这几天，她却明白了一些事情。关于陈琛，仿佛是很远很远的事了，而不管张井俞是谁，她遇见了，想抓住他的感情。

有人说，欲望就像是喝盐水，越喝越渴，最后将人推向漫无边际的深渊。

张井俞是她心底的欲望，忘记不是解决一切的方法，真正的忘记不需要努力，是心甘情愿地放手。

目前，她不想放手。

时月不想让自己痛苦，可是解决痛苦的办法，就是找到痛苦的根源，心有伤口，逃避不是办法，恰恰要找到伤口，对其症，用其药，方得痊愈。

时月从青石板上站起来，双手作一个喇叭状，大声喊他："张井俞！你钓了多少鱼呀？"

张井俞看了她一眼，示意她小声点。

"咯咯咯……"时月笑声如风铃。对了，背包里好像带来了烧烤材料，时月跑到放背包的地方，从背包里翻出一大堆东西，有烤肉、炭火、打火机……

论起烤吃的，时月非常殷勤，用几根大树棍搭了一个粗糙的烧烤架，转身去捡了很多枯草、柴火，没用多长时间，已经像模像样地烧烤起来。

"你小心点，这里是山林，别起火了。"张井俞不放心地提醒她，合上书，来监督时月烧烤。

"是是是，我会小心的。"若有若无的香气袭鼻而来，是烤肉的香味。时月已经顾不得什么形象，一张脸熏得黑漆漆的，像是刚从煤堆里爬出来。

张井俞凝视了面前的"花脸猫"片刻，露出了散漫的笑意。

时月猴急地拿起一串牛肉，撒上调料，递给张井俞："不知味道如何啦，你先吃吃？"

张井俞嫌弃地看着那几串黑乎乎的烤肉，摇头。

"不识货。"时月吹了几下，一口咬下，味道鲜美，时月胡乱嚼几下便吞下，表情里写满了不可思议，竖起大拇指，"好吃好吃，只是卖相不好。”

在她的大力推荐下，张井俞皱着眉头，勉为其难地吃了一串，随着他吞咽下去，眉头逐渐舒展开，笑道：“还行。”

时月把剩下的肉串都烤了，吃得干干净净，然后张井俞灭了火堆，把地上的垃圾打扫干净，放回车上。

鱼没钓到，张井俞收拾收拾，开着车子，两个人一起去游湖，车子像是喝醉了酒，在道路上慢悠悠地开着，车速慢得像蜗牛。

“喂，张井俞，你会不会开车？我走路都比开车快。”时月张牙舞爪地指挥着，“左左左，往右！快掉下去了，左边左边……老天！小心点要撞上石头了，右右右！”

到达目的地后，两个人都长吁了一口气，张井俞趴在方向盘上，有些后怕地看着前面，他没考过驾照，来郊外玩，走路根本不可能，他软磨硬泡，才让张兆睿答应借车给他开，好在没出事。

“时月，你会飞吗？”张井俞恍然大悟，看着她，“我车开得不好，你要是会飞，多好。”

“不会！”时月又不是飞鸟，她顶多只会短距离地腾空、跳跃，像鸟一样飞翔，不得要了她半条命。

“也不厉害嘛。”张井俞有些失望。

时月不满地看着她：“我是梨花妖，本来能力有限，栖身在画中多年，早已经没那么厉害了。”

“那你平时那么踧踖。”张井俞更加不满了。

“不跟你说了。”时月扭开一瓶饮料，喝了几口，推开车门下去，张开双臂大呼，“好舒服呀！”

张井俞也锁好车下来，笑意明朗：“甘寸及时贵似油，今朝欢乐便无愁。”

“贵似油，贵似油！今朝欢乐便无愁！”时月欢快地唱着，冲向湖边的一艘小船，这里是水乡，家家户户养鱼，很多野外的湖边，也停着几艘小船，方便别人捕鱼。

映入时月眼中的是一个葫芦一样的湖，水清澈见底，水底长了柔软的水草，不过她此时没有心情赏景，满腔心思都在岸边的一叶竹筏上。

“时月，我来撑船。”张井俞担心她做事毛躁，不小心掉进水里，打了声招呼，先走上竹筏。竹筏比小船更能贴近水面，虽然有安全隐患，但也方便观赏两岸风景。

“我上来啦！”

时月也不客气，几步跳上了竹筏，好在竹筏也够大，挺结实，多承载了一个人的重量，也只是贴着水面晃动了几下，荡开一圈圈水波。

水清清凉凉的，时月脱了鞋袜，把脚放到水里，太阳很大，晒得浅层的湖水暖暖的，时月躺了下来，白色的衣裙像云一样散落开。

张井俞用竹篙一撑岸边，撑开竹筏，往中间划去，出了湖口，竹筏汇进一条清澈的深溪，两边高山磅礴，非常大气。

“我喜欢这里。”张井俞目光在时月身上转了一圈，声音清朗。

“我也喜欢。”

水面很凉爽，有风吹来，轻轻推动着竹筏前进，竹筏也就随着水波，慢慢悠悠地漂动着。

时月闭上眼睛，周围很安静，她的心也很安静，她能清晰地听见水波轻轻拍打竹筏的声音，竹林间竹叶簌簌作响的声音，以及很远传来的古刹里的钟声……

完全不同于城市的钢筋水泥，这才是她向往的生活。

张井俞放下竹篙，屈起一条腿斜斜坐着，白日里看起来深不可测的眸子轻闭，细碎的阳光打落在他的外套上，身侧被薄薄的水汽笼罩着。

时月睁开眼睛，看着澄澈干净的天空，阳光照进了她漆黑如墨的眼睛，仿佛全部被吸收了进去。

这一睁眼，她刚好和张井俞的目光对上。

张井俞抬眼望向时月，清澈沉静的眼瞳里，翻卷着微妙的情绪，他平素看来总是宁静而深沉，这一刻表情倒是奇怪。

时月无语地瞪着他。

张井俞神情倒是十分坦然，好像这是理所应当的事情一样。

“看什么看……”时月自言自语，被他看得不自在，片刻后才收敛心神，觉得被他看得有点心虚，明知道自己没什么可心虚的。

她别开头，有点不自在，不仅不自在……心跳还乱了几拍。

04

看着时月的表情，张井俞忽然慢悠悠地开口："时月，我喜欢黄淼淼，我喜欢她。"

风把他的声音送进了时月的耳中，她回过头，看着他，本来在湖中划水的双脚，忘记了动弹。

"这件事我竟然第一个告诉了你。"张井俞在竹筏另一端躺了下来，学着时月，双手枕在脑后，望着头顶的天空，眼神温柔，字如珠玉，话语如清泉般传来，"时月，你喜欢过人吗？"

时月没有说话，秀丽的面容上没有表情，嘴唇轻抿，慢悠悠地舒了一口气，身子慵懒，似在假寐，又语不着调地说："我啊，有的，我走过的人生里，只有喜欢一个人，最诚恳。在感情里我是，你退一步，我进一步，你退十步，我进一万步。"

"这样吗……"张井俞看着远方的天空，手伸到冰凉的湖水中，轻轻地撩动着。

"我呢，喜欢一个人，容易被感动也容易满足，别人不经意对我的好我会一直记得，我很珍惜每个走进我生命的人，就算遍体鳞伤我也不放手。"时月目光灼灼地看着他，"这个人要走我也会留，我就是要带给他很多麻烦，因为我是刀子嘴毒蛇心。"

时月的身体突然太冷了，她把浸在水里的脚，抬起来，她是妖，要

忌水的梨花画妖，待久了会出事。

张井俞沉吟片刻，听着时月的话，颇为探究地看着她，出神似的看了许久，终于是什么也没说，懒散地笑笑。

“看什么看，赏风景！”时月眉头微蹙，眼睛紧闭，十分镇定地说了一句。

张井俞发出轻微的嗤笑声，也不管她了，目光高抬，望着头顶的天空，视线很远很远。

竹筏在溪中随流水前进，两岸青山开，无边无际的凉意蔓延开来，竹筏随风在水面飘荡，两个年轻的身影，枕在竹筏上，一个沉思，一个假寐。

一个宛如天上清月，剔透清澈，一个好似渊底之潭，宁静深远。

时月，所以你现在还纠缠着我，不打算放开吗？

张井俞侧头，看着面容沉静的少女，心底的苦涩如水面的波纹，一圈圈荡漾开来……

竹筏最后漂到了一个小湖，小湖呈月牙状，躺在野外的怀抱中。天空中，夕阳圆圆的，像一个火球挂在山头，旁边的云似乎被燃烧了，一大团一大团连在一起，织成了灿烂的云锦。

夕阳下，时月抬起头，看着那天地一色的色彩，一瞬间，直扑眼帘的一片苍红，会让人感到生活多么美好，惬意而令人向往。

“夕阳很美，停在这里看夕阳最好。”张井俞站起身，把竹筏系在一棵树上，走在柔软的草地上，眼睛看着天空说道。

“是很美，比我还美。”时月笑着说，她看着天际的夕阳，像没入海里般，一点点地沉了下去，周围一切蒙上了红纱一样的暮色，“夕阳再好，也会被黑夜吞噬。”

她跳下竹筏，看着远方，天色暗得很快，视线范围内，只有一个孤兀的小山头，一片草地随风吹动。

“从这里过去，可以看到我们的车，来之前我规划了路线。”天黑了，沈白茶和张兆睿肯定等着他们回去。

“这里吗？”时月一顿，这不像回去的路。

张井俞指指她前面那个小山头：“翻过它。”

果然，他们花了半个时候翻过小山后，见到了张井俞家的汽车。

一路驾车回到村子里，村子里已经是烛光点点，晕黄的烛光从各家的窗口透了出来，远远还有狗吠的声音，村子里很安静。

闻着响动出来的沈白茶，推开门看到时月，笑着打着招呼：“回来了啊，小俞呢？”

时月点头微笑了一下：“他去停车了，等下就过来。”

“饭菜还给你们热着，等下过来吃饭再去休息。”沈白茶热情地招呼着，时月点点头。

吃过晚饭，时月坐在屋顶，看着黑漆漆的天空，看着脚下村子里的灯光，感觉到一种家的温暖。

从郊外回来后，时月生病了。

张井俞给她来送药，看着蒙在被子里的时月，打趣她："没想到你也会生病。"

一个枕头扔过来，张井俞侧头躲过，把一杯温水和感冒药放在她旁边的书桌上，叮嘱她："这几天你安分点，好好吃药，多注意休息，平日喜欢吃的辛辣，要忌口。"

"走吧，走吧，我知道了。"时月从被子里伸出脑袋，脸蛋红扑扑的，像是涂了胭脂，催促着张井俞快走。

学会使用手机后，她偶尔也会跟黄淼淼联系，宠物医馆近段时间内不能去了，她打电话跟黄淼淼请了假。

新年过去后，春意渐浓，大地的画板上，山青水碧，桃红柳绿，一点一点点染着人间的繁花似锦，时月病好后，重新回到了学校上学。

班上的同学和时月交流不多，只当她是一个神秘的美女，甚至有人放出消息，说新一届的校花是时月。

宁哲知道时月回到学校，特意买了一束百合花来送给她，请她出去玩，见到时月开始用手机了，宁哲不知道使了什么手段，竟然弄到了她的号码。

时月一如既往地对他没好脸色。

英语课上，学生们都在背课文，时月坐在张井俞的课桌后，偷偷画他的侧脸，张井俞只知道时月的字写得丑，不知道她的画画得极好。

早些年，陈琛教过她画画习字，时月性子浮躁，根本静不下心练习书法，如此只能识字，写一些幼稚的字。

“时月，你在做什么？”英语老师走到她面前，抽过时月手臂压着的本子，时月没来得及藏，掩面尴尬地笑笑。

“哟，画得蛮好的嘛，在我这上英语课是浪费了你的才华啊。”英语老师把本子翻来覆去地看，纸张被翻得哗哗啦啦直响，“画了这么多啊，让我看看这都画的谁，咦？这不是我们的张井俞同学吗？”

“本子你还我，罚站我自己去。”时月站起来，想去抢老师手中的本子，英语老师教鞭一拍，吓得时月立马缩回手。

“全画的张井俞，你对他有什么企图？”英语老师是个上了岁数的老古董，说出的话也让人遐想无限。

“魏老师，这你都不懂？时月肯定是暗恋人家啊！”

“哈哈，张井俞走‘桃花运’咯！”

“大美女耶！张班长你的魅力可真大，好多女生都暗恋你！”

教室里笑声一片，同学们开始起哄。张井俞铁青着脸，站起来维持纪律，这时窗外黄淼淼刚好抱着一堆试卷送去办公室，他们班声音这么大，黄淼淼一定全听见了！

张井俞担心黄淼淼听到这些话不高兴，然而黄淼淼只是扫了他们一眼，对着时月露出一个微笑，径直走过去了。

“干什么！都干什么！造反吗？”英语老师使劲拍着教鞭，把时月的本子扔回她桌上，眼镜片后面的眼睛射出一道严厉的精光，气急败坏地喊道，“十分钟后抽背课文，叫你们不认真。”

哀怨声一片，教室内朗读声大起来，时月开小差的事渐渐被读书声掩盖过去，张井俞责备地看了时月一眼，时月吐吐舌头，宝贝似的把本子收进课桌。

05

午间，时月在食堂吃完饭，在宣传栏里发现一张招聘告示，写的是学校招园艺师的事。作为一只花妖，时月天生便对植物有一种亲切感，住在张井俞家，花了人家不少钱，总不能一直白吃白喝，她当下就去应聘了。

她运气不错，聘上了助理园艺师，帮一个叫尹夏的人打下手。

“时月，你主要负责对学校的植物进行种植养护、色彩搭配和审美修剪，记住了吗？”尹夏拿着一个小本子记录，吩咐她。

在她手下，还有五六个像时月这样的学生，校园大，尹夏一人管理不过来，所以招一些学生做兼职，帮忙打理。

“没问题。”时月是天生的大自然艺术家，本职工作就是与植物生灵交流，现在还能赚钱，她开心得不得了。

时月功课不错，只是不肯下功夫，在班上能混个中上水平，她在办公室缠着班主任，说干了嘴唇，得到一个特权，只要成绩不后退，她能自由地做园艺师工作。

从此，校园里总能见到一个勤快的身影，时月穿着蓝底碎花的工作裙，背着一套工具，在校园里穿来穿去，好不快活。

中午太阳大，时月提着小桶，刚刚种植了一排海棠树苗，黄淼淼拿着两罐可乐来找她。

“小月，我听说你做园艺师了，做得习惯吗？”黄淼淼开了一罐可乐，递给时月，时月喝了一大口，点点头。

时月指向身后翠绿的树苗，得意地说：“呶，都是我种的，等它们长大了就好看了。”

“你一个女孩子，整天扒拉泥土，不嫌脏？”黄淼淼望着她桶里的一把树苗和黏黏的土，换作是她，不一定做得来。

时月坐在旁边的台阶上，摇摇头：“泥土养育万物，给予它们养分，不脏。”

“那加油哦！”黄淼淼看时间快打上课铃了，笑着和她告别，时月摆手，要她快去上课。

“小月，今天忙不忙？”保安大爷正在校园里巡逻，见到正在休息的时月，笑眯眯地跟她打招呼，“太阳这么毒，小心把细皮嫩肉的你晒黑咯。”

“安大爷，没关系，我白着呢！”

时月不再围绕张井俞转，开朗和不拘束的性格逐渐被人知晓，在学校很受欢迎，有些其他班的男生，见到时月弯腰忙碌，还会特意来帮她提桶、送水。

“谢谢，谢谢大家啦！”时月抱着别人送她的两瓶饮料、遮阳帽和墨镜，对着刚离开的三个男生道谢。

“没想到时月这么好接近，我开始还以为她很冷漠呢。”一个高个子男生说。

“没有了，时月人很好的，上次我值日，她还帮我一起倒垃圾。”有人接话。

“哈哈，我想追她，你们支不支持我？”一个微胖的男生问其他小伙伴。

“胖子，你敢！”宁哲不知道什么时候出现了，一脚对着那个大言不惭的男生踹过去，男生们见到是宁哲，都不敢惹他。

宁哲指着在水杉树下专心挖土的时月，手叉着腰，大声宣布他的主权：“你们听好了！时月是我的，谁敢去打扰她，就是和我过不去，惹到我，咱们就骑驴看唱本——走着瞧！”

说完，宁哲走过去，殷勤地跟在后面帮她提桶，递毛巾擦汗，笑嘻嘻地问：“月儿，累不？要不我来锄吧？”

“叫时月，月儿月儿，恶不恶心？”时月一锄头砸在他脚尖，宁哲面对她，反应奇快地躲开，上次被她用榴梿砸脑袋，害得他住了一个月的院。

“叫名字太生疏了，我思来想去，决定以后都这样叫你。”宁哲立马拿出扇子给她扇风，“天气这么热，别捂出痱子了。”

时月把她的纺纱斗笠戴上，不想看到宁哲这张欠扁的脸，宁哲晒黑了些，却比以前显得成熟了，比女孩子还漂亮的五官，也因为黑了，失去了妖冶的气质。

“喝口水？”宁哲猫着腰，扭开一瓶矿泉水，时月正好口渴了，不客气地接过开始喝。

“月儿，你喜欢什么？吃的？喝的？玩的？”宁哲掰着手指头数，“只要你说得出，保证我拿得到。”

时月抢过他手中的桶子，拿出一根桂花树苗，指着他：“我喜欢……你离我远点。”

“好的！”宁哲后退了三步，摊开双手，无辜地看着他，“这样可以了吧？”

“……”真让人无语。

时月干脆不理他，挖坑，把树苗种下，洒水，接着种下一棵，宁哲的目光几乎没有离开过时月的背影，这个女生身材高挑纤瘦，五官清秀完美，性格完全不像他认识的那些女生，只会装可爱撒娇，相反，时月有时候蛮横凶狠，发起脾气来也可爱，连种树剪草这种粗活，她干起来也浑身是劲，专注又有耐心，让他越看越喜欢。

很好啊，这个女生。

种完桶里剩下的树苗，时月累趴了，她坐在地上，闻着头顶上香樟树散发出的清香，阳光从树叶的缝隙间落下来，洒在她白皙的脸上，明暗不定。

“月儿，累了？来来来，吃雪糕。”宁哲把一支雪糕伸到她的鼻尖，果然她的致命弱点就是吃，时月吃着美味的雪糕，凉丝丝的感觉让她从头到脚都放松了。

“讨厌鬼，你不上课啊？”时月把雪糕棍扔进垃圾桶，此刻校园里一片寂静，只听见风吹过发梢的声音。

老师的授课声和学生的读课文声，偶尔随风传进耳里。

“上啊，不过为了你，我甘心逃课。”宁哲舔着手指头上的奶油，把雪糕棍丢进垃圾箱。

时月一手撑着下巴，上下打量着宁哲，忍不住开口问：“整天跟着我，你喜欢我呀？”

“对啊！你今天才知道啊？”宁哲大大方方地点头承认。

“哦……可我不喜欢你。”时月冲他一笑，随即板着一张脸。

“我知道，我不在乎，喜欢你是我一个人的事，月儿，你别有压力。”宁哲忙说。

“唔……”时月迟疑了一下，点了点头，“不会。”她才不会有什么压力，宁哲怎么样，关她什么事。

“我要去吃饭了。”时月起身，每次忙起来她就无法按时吃饭，有时候做事投入，常常忘了时间，不过看到那些花花草草，在她的手下重新焕发出生命力，时月还是很有成就感的。

宁哲跟在她旁边，掏出手机问：“你想吃什么？我请你吃，学校食堂不好吃，我看看网上有什么评分高的店，等我找给你啊……”

然后，宁哲开始专心致志地报店名，时月吃了一支雪糕，胃口不佳，不想吃米饭，宁哲听到她这样说，带她去了附近一家寿司店。

看到时月左手一个寿司，右手一只烤鸡翅，吃得十分满意，宁哲心安了下来，他还担心她吃不惯呢。

“月儿，合口味吗？”宁哲喝了一口果汁，问她。

“嗯。”时月一脸幸福地回答。

“小心长胖哦。”他笑着说。

“我吃不胖。”时月体质特殊，吃胖了也无所谓，人间有这么多好吃的，因为上次听到张井俞承认喜欢黄淼淼的事，时月还失落了好一阵，如今吃完美食，心情好多了。

“等会儿请你喝冰激凌草莓奶茶，你别吃太饱。”宁哲担心地说。

“噢，好的。”时月龙卷风一般，吃完了盘子里的寿司。

事实证明，美食可以治愈一切。

时月吃好喝好，心满意足地在大街上乱逛，看到哪里热闹就往哪里跑，宁哲走得没她快，几下就跟丢了。

走到一处小花园，近瞧，梨树皮呈绿褐色，时月摸着它们的树干，感觉到手心细腻光滑，阳光照射到的地方，有早开的梨花，在枝头稀稀疏疏地开了几朵。

时月手抚过树干，树木像感受到什么气息，梨花一朵紧挨着一朵爬满了整个枝头，好像在争先恐后地和她打招呼一样，梨花一簇簇，一层层地绽放，很快花园里所有的梨树都盛开了，像云锦一样铺天盖地，掩映着她的面孔。

在温和的春光下，花瓣如雪，洁白无瑕，璀璨晶莹，与时月贴面而舞，时月在花雨中轻笑。

做人这么幸福，真舍不得离开啊！

第五章

画月梦·残颜

01

沈白茶一大早在厨房忙活，桌上摆了不少的菜，时月一边刷牙，一边伸长脖子去看，大惑不解：“沈阿姨，今天过节吗？”

“小俞生日。”沈白茶笑着说。

时月一下好奇起来，她快速漱完口，拿毛巾擦了一把脸，贪吃地拿起一块鸡肉，边吃边问：“生日要做这么多菜呀？”

她都没见过张井俞过生日，去年遇见他，张井俞也没有举办特别的生日聚会。

“去年我工作忙，把小俞的生日给忘了，心里一直过意不去，今年要好好补偿一下他。”沈白茶扯了扯嘴角，把视线落在窗外一棵绽放的梨树上，今年她申请换了岗位，没那么忙了，才能腾出这么多时间陪伴家人。

“那过生日，还需要做什么？”时月眯起眼睛，仰着小脸。

沈白茶望着时月，似乎在思考这个问题，过了一会儿，她露出一个微笑：“生日肯定要吃生日蛋糕的，只是小俞不喜欢吃奶油和甜食，我还纳闷要买什么口味呢。”

“交给我啦！我给张井俞做一个蛋糕！”时月掏出手机，在网上搜寻蛋糕的制作方法，经过一段时间，她已经会使用手机了。

沈白茶看着专心找资料的时月，话到嘴里又咽了回去，忽然时月喊了一声“我想到了！”，蹦蹦跳跳地跑了出去，沈白茶看着她翩飞的裙摆和飞舞的秀发，无声地笑了。

她没有细问过这个女孩子的来历，关于张井俞解释的亲人在国外，她也假装相信，只是来张家这么久了，她从未见过时月和亲人通电话，这是不是太奇怪了？

另外，对于一些生活常识，时月似乎也不懂，她会问很多答案显而易见的问题，一开始，沈白茶只当她是天真无邪，生活环境优渥，没有接触过社会，没有吃过苦，所以什么都不懂。

但是有一日，沈白茶半夜醒来，意外地看到时月坐在屋顶上，她手在空中轻轻地挥动，漫天的梨花花瓣忽然从枝头飞落，像是一条流动的银河，受她控制，在她身边流动，时月玩了一会儿，脚尖一点，从屋檐上飞落到地，哼着小曲回房间去了。

这不是正常人能做到的。

沈白茶心中起疑，偷偷披上外衣，去了时月门外，打开房门，里面却不见一人，唯有墙壁上的那幅古画，画中的女子躺在梨花树下，眼睛轻轻合上，好像睡着了，平日这幅画可不会自己变幻，也许是和时月接触时间久了，沈白茶也没有感觉到害怕，她悄悄返回自己房间，装作什

么都不知道。

沈白茶没打算追究时月的真实来历，每个人都有属于自己的秘密，时月给他们带来了很多欢乐，与张家冥冥之中有一种缘分，她不想亲手掐断这段缘分。

时月跑出门后，到超市买了做蛋糕用的材料，回到张家，沈白茶已经做好了大部分的菜，厨房里乒乒乓乓的，时月拿起器皿搅拌蛋黄和砂糖，加入牛奶、面粉、泡打粉之类，等到再需要添加砂糖时，时月别出心裁，暗地里用法力，添入许多处理过的花瓣，把蛋糕胚放入烤箱中。

“让我看看，现在该放什么……啊！水果！”时月按照网上说的方法，拿出彻底晾凉后脱模的蛋糕，把蛋糕胚分成三层，中间层加入适量的花瓣和水果粒，“这样就没那么甜了。”

用奶油抹面时，时月用了她自己制作的花瓣奶油，这种奶油没那么甜腻，像是一层透明的果冻，还散发出淡淡的清香，时月给蛋糕表面裱花，周边上打出一朵朵梨花，最后加上装饰用的各种水果和巧克力插片，写上“小俞俞，生日快乐。”并附上自己的大名。

“大功告成！完美！”时月左看右看，心里惊叹自己简直就是个美食天才！

沈白茶一直靠在门边，看时月做蛋糕，见到她完成了，拿着一个精美的天蓝色蛋糕盒走过来，夸赞道：“小月真是人长得漂亮，手又巧，小俞一定会喜欢。”

时月小小的脸庞上，丝毫不减青春的活力，听到这句话，她睫毛忽闪一下，脸上一红，嘴里念叨着："真的吗？"

"嗯，真的。"沈白茶帮她把蛋糕装好，放在餐桌正中间，张兆睿又出差了，晚上才能赶回来，这个生日只能她和时月陪张井俞过。

沈白茶扫了一眼大门，疑惑地开口："小俞一大早就出去买东西了，怎么还没回来？"

正说着，门口传来门铃声。

"我去开！"时月第一时间冲了出去，大门打开，门外的人看到时月时愣在原地。

耀眼的阳光下，黄淼淼手中提着一个大蛋糕，和几个人站在门外，一瞬间可以看到她眼中的惊诧，眼睛中含着一丝委屈的水汽。

"小、小月，是你啊。"黄淼淼不满地扫过院子，沈白茶走出来，见到一众人，笑眯眯地说，"是小俞的同学吧？快进来。"

"阿姨好。"黄淼淼提蛋糕的动作一滞，从时月身边走过，笑吟吟地跟沈白茶打招呼。

时月不说话了。

黄淼淼他们刚在客厅坐下来，张井俞便回来了，买回了各种饮料、零食和装饰用的彩带、气球。

"苏叶，阿畅，淼淼，小刀，你们怎么都来了。"张井俞笑着走过去，挨个捶了男生们肩膀一拳当作打招呼，走到黄淼淼面前，低声说，"淼淼，你也来了。"

黄淼淼淡淡地说："嗯。"没表现出很高兴的样子。

时月帮沈白茶给他们送茶，摆上点心，笑嘻嘻地要他们多吃点，别客气，黄淼淼低垂着眉眼，看不清神色，心情似乎不好。

张井俞拆着买回的气球塑料袋：“淼淼，我们不是说好了，晚上大家一起吃饭唱歌，你们怎么提前来我家了？”

黄淼淼忽然浅笑一声，眼神下垂，不愿意看张井俞一眼。

“是这样啦，淼淼想给你一个惊喜，叫上我们一起来的。”

“是啊，井俞，知道你不喜欢吃奶油蛋糕，淼淼跑了好多家店，才买到这个水果蛋糕呢！”

“咦？有人已经买了蛋糕？”

其中有一个眼尖的女生发现了餐桌上时月做的蛋糕，回头问张井俞：“小俞，这是谁买的？”

耳边突然响起一个清冷的声音：“我亲手做的。”几个人猛然一抬头，冷不防地撞上一个充满魅惑的笑容。

是那个给他们开门的少女！

02

不知道怎么回事，他们几个人从进门起，自动忽略少女的存在，不敢和她交谈，她弯腰露出温柔的笑容看着说话的苏叶，并绕过张井俞，抄着双臂看着她：“有何指教？”

“小俞，她和你是什么关系？”苏叶是外校的学生，和黄淼淼是好朋友，照理说，张井俞的朋友他们互相都认识，这个女生很陌生，她还是第一次见到。

黄淼淼对张井俞有好感的事，苏叶是知道的，现在看到好朋友身边出现了“情敌”，她自然要帮黄淼淼说话，何况这个女生竟然还和张井俞住在一起！不能忍！

“我是——”

“时月是我家的租客。”

张井俞抢过时月的话，目光看向黄淼淼，然而误会已经造成，他的解释十分苍白。黄淼淼记得时月从宠物医馆离开，给自己留下一张便条，便条里时月说她搬去和自己的亲人一起住，不麻烦她了。

黄淼淼本来还为时月感到高兴，现在才知道时月说的“亲人”竟是张井俞！不仅时月没说实话，张井俞也不把这件事告诉她，难道怕她误会多想吗？在他眼中，她黄淼淼是这样小气的人吗？如果只是租客，为何他们两个都有默契地瞒着她？

黄淼淼的心中乱成了一团麻，被欺骗的感觉，不信任的感觉，受伤的感觉，像是暗涌的潮水，不断地从她心底翻起，搅得她心底乱成一片，无法正常思考。

“来，大家吃水果了。”气氛正尴尬，沈白茶端出来几份果盘，时月帮她一起摆到沙发旁的茶几上。

有人打开电视看起来，有人帮张井俞一起布置客厅，大家各自忙开了，黄淼淼觉得屋子里很闷，她也帮不上忙，一个人去了院子里。

这一天，大家在张井俞家玩得很开心，吃过午饭，下午他们在院子

里搞烧烤。

张井俞家院子很大，四周有花草掩映，绿树红花，十分美丽。

晚餐过后，一伙人陆陆续续离开了，黄淼淼却显得不是很急，独自喝着一杯果汁，看着电视剧，目光焦点却不在电视屏幕上。

张井俞看出了黄淼淼的伤心难过，但是她不肯承认，在厨房里收拾碗筷时，张井俞思忖之后，要时月去解释。

时月拍着胸脯答应下来。

江边上，晚风悠悠地吹来，掠起一缕发丝，时月和黄淼淼的衣角轻轻飘舞着，一片宁静。深蓝色的夜空神秘莫测，有猜不尽的遐想，几颗星星悄无声息地挂在夜空，那么高远。

路边的灯光铺在江面上，随着江流的方向望去，水天一色，没入黑暗中，没有尽头，这里美得恬静，她们两个人走了许久。

黄淼淼满腹心事地正看着电视，时月突然约她出来散步。

走了快二十几分钟，黄淼淼忍不住了，她停下脚步，转过身来看着这个不明底细的少女：“时月，你不打算说些什么？”

“说什么？”时月笑盈盈地看着她，“我没什么可说的。”

“你……你和张井俞住在一起，你们是什么关系？不打算对我解释下吗？事实是——”黄淼淼话还没有说完，目光对上一双明亮的眸子，时月像看小丑一样看着她，黄淼淼顿时呆住了。

“事实就是你想的那样。”时月凑近她，魅惑的笑容几乎让人沦陷，她的声音低低的，听起来就像浮云散开在黄淼淼的耳朵边，“我跟张井俞互相喜欢才住在一起，就是这样。”

“你说谎！”黄淼淼如受惊的小猫，忽然伸手一把推开她，她第一次感觉到，时月对她充满了敌意。

“他明明，明明……”明明对自己那么好，明明对自己呵护备至，黄淼淼不相信，张井俞的心意全是假的，那些温柔日夜伴她入梦，不可能是假的。

时月凝视着这个失魂落魄的女生，袖中的手指微微收紧，冷酷地说：“明明什么？他承认过喜欢你吗？你们不过是朋友的关系，张井俞就是这样的性子，对每个人都温柔细心，你不要自作多情。”

“自作多情……”这四个字刺痛了黄淼淼的心弦，让她痛得心惊，原来这么长时间的以为，都是她自作多情。

“他喜欢的是我。”时月冷言。

时月这样的人，凭借黄淼淼的性格根本没办法对付。果然，听到这句话，黄淼淼苍白的脸上，浮现出一种死灰般的绝望。

“我知道了，我不会打扰你们的，我还有事，我……我先走了。”黄淼淼喃喃自语，不想再和她说起这件事，她收好情绪，忍着不让眼泪掉下来，不管还在看着她的少女，抱着胳膊，逃似的从她身边跑开了。

时月站在原地看着，黄淼淼的背影很快就消失在黑夜中，不禁微微一笑，她缓缓松开紧握的手指，叹息道：“对不起……”

回到家，张井俞着急地站在门口等她回来。

一见到时月，张井俞连忙跑上前问："怎么样？你和她说得怎么样？淼淼没有误会什么吧？"

"说得很好，没有误会了。"时月仰起头对他笑。

张井俞，原谅我吧，我是一只贪心的妖，是一个坏心肠的女人，我得不到的，别人也休想觊觎。

"那就好！"张井俞从沙发上拿起一顶棒球帽，戴在头上，在时月眼前炫耀，"好不好看？淼淼送的。"

"嗯，还行吧。"时月敷衍地回答。

她见到自己做的那一个蛋糕还剩下一大半，而黄淼淼送来的蛋糕，全被吃光了，气不打一处来。

"张井俞！"时月忽然大声叫他。

"怎么了？"张井俞正臭美地对着镜子，看棒球帽怎么戴好看，冷不丁被时月揪住衣领，拖到了餐桌前。

"这些全部吃掉，是我亲手做的，花了好长时间。"时月蛮横地要求他。

张井俞肚子撑得饱饱的，为难地看着那一半蛋糕，试图商量："要不明天当早餐？放到冰箱里不会坏，我吃不下了。"

"不行。"时月语气坚决。

"好……好吧。"张井俞百般不情愿地在餐桌旁坐下来，拿起刀叉，痛苦地吃着，时月做的这个蛋糕味道很奇怪，虽然他不爱吃甜，但是也不必这么酸啊。

可怜的张井俞，在时月的胁迫下，吃光了剩下的一半酸酸的蛋糕，半夜起来闹肚子，时月心满意足地栖身画纸，睡得很安详。

03

自时月说过那一番话后，黄淼淼处处躲着张井俞。

丁零——丁零——

车铃声音在空气中响起，凋落的晚樱铺在小道上，自行车轮碾过，留下一地尘香，黄淼淼踩着脚踏车，拼命地按着车铃，但是挡在道路上的少年依旧没有让开。

刺耳的急刹车声音响起，黄淼淼跳下脚踏车，脸色也在一瞬间黑了，张井俞推着自行车向她走来，明亮的眸子盯着她的脸。

“淼淼，你为什么要躲着我？”张井俞皱着眉问。

“我有事。”黄淼淼冷冷地开口，鹅黄色的裙子在夕阳下显得非常明艳，她抬起头，毫无感情的声音，听得张井俞心中发酸。

“快考试了，我们今天一起去肯德基自习，好不好？”他笑着说。

“不用了。”黄淼淼拒绝，她不想再和他这么密切地接触，反正张井俞对自己无意，她何必自找不快。

“你心里是不是有事？”张井俞看她一脸漠然的表情，不清楚发生了什么事，他嗫嚅着，“最近你不理我，约你出来，你总拒绝我，我心里实在难受。”

“张井俞。”黄淼淼一本正经地喊他的名字，手紧紧抓着自行车把

手，看到他忧伤的模样，忽然沮丧起来，“你……不应该啊……”

“什么不应该？”张井俞听着她的语气，心跟着紧张起来，直觉告诉他，他和黄淼淼之间一定出了什么问题，不然一夜之间，黄淼淼为何视他为洪水猛兽，拒之千里之外？

“你……你不是有喜欢的人了？她恰好也喜欢你，现在的你应该很快乐，为什么要来纠缠我呢？”黄淼淼心里很不安，索性把话说明白了，低声喃喃，“时月告诉我，说……说你们住在一起，是因为互相爱慕，我知道廉耻，不会从中破坏的。”

张井俞听着她一字一句说出这些话，震惊得说不出话，原来这就是原因！时月瞒着他，骗黄淼淼误会他们两个，亏他那么信任她，生日那天还让她去安慰黄淼淼。

好深的心计！

“淼淼，你听我说，这件事完全就是一个误会，我会给你一个交代的！”张井俞心中怒火升腾，头也不回地骑上自行车冲出去，他急切要去找时月讨个说法！

张井俞马不停蹄地冲回家，径直朝大门走去，院子里的秋千上坐着一个人，旁边温着一炉小火，上面煮着的茶香气四溢。

时月正望着张井俞微微笑着，笑容里仿佛有蛊惑人心的魔力，她一动不动地看着张井俞朝她走来，声音柔媚：“你回来了？”

厚厚的云雾盘踞在时月身后的天空，夕阳趁着一点点空隙，迸射出一条条绛色霞彩，宛如沉沉大海中的游鱼，翻滚出金色的光，光芒投射在她身上，一副天然的美人画。

张井俞现在被愤怒冲昏了头脑，他一把拉起时月，声音跟平时比起来不太正常，压抑着怒气道："你为什么要骗我？"

"你到底怎么了？"时月低声问，手腕处被他捏得生疼。

"你还装！"张井俞实在忍不住了，低吼出声，"我什么时候说过喜欢你，捉弄我很好玩是吗？对你而言，一切都可以拿来玩是吗？任性、野蛮、张扬跋扈、不讲道理，现在还撒谎，时月，你真令我刮目相看呐！"张井俞嘲讽地笑起来。

时月被吓到了，张井俞情绪非常激动，第一次用这么反感的语气质问她。

张井俞真的生气了，他冲进房间拿出那幅画，警告她："早知如此，我就不该让你回来，你不是妖吗？你不是有本事？你拿着你的画出去！永远不要回来！"

时月愣住了，他真的赶她走？为了一个黄淼淼，他赶她走！

她抬起头，只见张井俞举高那幅画，眼里的厌恶和嫌弃显而易见，她那么喜欢他，为什么从来换不来他的一丝丝在乎？她一直执着于自己人生中失去的东西，就算欺骗他，也是想要得到他的心，她并没有做过多少坏事，唯一做错的，不过是爱上了他！

"你赶我走？"时月怔怔地看着他，心一寸一寸冷下去。

"这里留不住你。"张井俞扭过头，不愿意看她，说出的话和寒冬一样冷，"如果你不走，我会毁掉画，到时候你不走也得走。"

“你敢毁掉画？张井俞，我时月怕过很多事，唯一不怕的就是被威胁，你——”时月的话戛然而止，在下一秒变成痛苦的呻吟，她突然伸手捂住自己的胸口，似乎在忍受着巨大的痛苦。

水能让她的生命特征减弱，而火却能焚烧她的灵魂，她眼睁睁看着张井俞轻轻一抛，那幅画被丢进煮茶的火炉中，燃烧得噼里啪啦直响。

“你竟敢！”时月被巨大的疼痛折磨，妖性暴露，只见她一身白衣罩体，眼珠变成了血红的妖艳颜色，左手变成了巨大可怖的黑色爪子，死死地掐住张井俞的脖子，骨子里的梨花香飘散，雪白的梨花花瓣妖娆地浮在他们周围，牵动着人的神经。

只要时月轻轻一用力，张井俞的脖子便会被她扭断。

张井俞像一棵坚韧的松树，重新抬起头，苍白的脸仰在夕阳下，他咬紧嘴唇，惨淡的眼神紧紧地盯着时月，毫不畏惧。

小月，忘了我吧。

脑海中忽然浮现一个人的声音。

她失去了栖身之地，勃然大怒，欲杀张井俞却因他的模样想到陈琛，时月眼睛一眨也不眨地看着眼前这张和心爱之人一模一样的脸，终究下不去手。

氤氲在时月周身的黑气渐渐散去，黑色爪子消失了，时月慢慢地松手，张井俞剧烈地咳嗽起来，有那么一刻，他听见了死亡的脚步声。

时月茫然地看着四周，旧日黄昏，映照新颜，人间说的白首同倦，实难得见。

张井俞不是陈琛，陈琛永远不会这样伤害自己。

大颗大颗的热泪从时月的眼眶中滚落，很多，很烫，她笑自己太过痴狂，太过痴狂了，如今一切都是自己咎由自取。

时月无声地笑起来，笑容在脸上越扩越大，变成了一种绝望的悲戚，她失魂落魄地往外走，每走一步，都像对过往的告别。

她啊，等得太久，太久了。

等到都忘记了那个人，其实再也不会回来了。

04

张井俞咳嗽声渐渐平息了，他看着时月又哭又笑，疯疯癫癫地走出门，心里一再告诫自己：不能心软，她做错了，他不能再纵容她了。

走就走了吧。

这一次，张井俞没有瞒着沈白茶，而是把自己和时月相遇的点点滴滴，包括时月是梨花花妖的事，全部告诉了她。

意外的是，沈白茶没有表现出害怕、不解，她摸着儿子的头，笑着说：“听从内心的声音去做吧。”

至于怎么和张兆睿解释，沈白茶说交给她，总而言之，这件事算告一个段落了。

张井俞明白时月不可能回来了，他去时月房间清理她的东西，发现了很久之前失踪的一样东西，是那幅他曾偷画黄淼淼，画纸被风撕破，后改动了被搁置的画。

他再傻，也明白了时月为什么会这样做。

——我啊，有的，我走过的人生里，只有喜欢一个人，最诚恳。在感情里我是，你退一步，我进一步，你退十步，我进一万步。

时月曾经说过的话，那个人……是自己？也或者……自己很像她从前认识的人？所以纠缠不休？

张井俞心中百味杂陈，他狠心到底，把这幅被时月偷走的画，也扔进了火炉中，看着它们燃成一堆灰烬。

人妖殊途，现在她含愤而去，也好。

从张家离开后，时月无处可去，一个人在路上溜达。大地已经沉睡了，微风轻轻地吹着，冷落的街道寂静无声，偶尔有一两声狗的吠叫。

黑沉沉的夜，仿佛时月糟糕透顶的心情，无边的墨色重重地涂抹在天际，连星星的微光也没有。

时月在一条巷子里走了一会儿，忽然发现不对劲，她转过身，便看到一个服装邋遢，长着一脸络腮胡子的中年男人跟踪她。

看到被时月发现了，男人也不慌张，而是大大方方地冲她咧开一嘴黄牙，猥琐地笑："小妹妹，一个人啊？"

时月翻了个白眼，废话，除了影子难道他看到了其他人？

如果是一个正常的人类女生，三更半夜，遇到猥琐跟踪男，肯定会害怕，甚至会大声尖叫呼救，可是时月的人生字典里，压根不知道"怕"字如何写。

“喂，你跟踪我干什么？”时月这才发现，她神情恍惚，走进了一条死巷子，两边是高墙，没有住人。

“小妹妹，叔叔找一个没人的地方，和你聊聊人生好不好？”男人看到时月面容清秀幼稚，以为她是哪所中学的初中生，许多初中生会上夜读班，但是一般都有家长开车接送。

他蹲守在附近很久了，今天运气好，竟然见到一个这么水灵、仙女似的小姑娘。

“来呀。”时月冲他钩钩手指，平日看多了电视剧，时月已经能猜测出男人的身份，恐怕不是流氓就是小偷，看见她一个人，以为她好欺负呢。

时月正憋着一肚子火，到处没地方发，现在有个不怕死的送上门来，她求之不得，刚好出出气。

“哈哈，现在的小姑娘真是开放！我过来了！”男人一个跨步，冲在了最前边，想要伸手来抓时月的手臂。

时月一把抓住他的手臂，用力一拧，发出“咔嚓”声，男人的肩关节已经脱臼，他不可思议地看着她一眼，惨叫声这才响起。

中年男人好像不相信这么一个看起来软弱无力的女生，竟然有这么大的力气，他骂了一声，抬起脚就朝时月的腹部踢去，时月算准了他的意图，一个潇洒的转身，快他一步踢上墙头，借助一个反弹的助力，猛地踹向他的小腿。

咔嚓！又是一声，男人估计自己的腿废了，一阵阵撕心裂肺的惨叫声在黑夜中回响，男人只觉得时月像是一只小恶魔，见到时月踏着悠闲的步子，朝他走来，他挥舞着还能活动的另一只手臂，大喊："你别过来！别过来！再过来我要报警了！"

紧接着，男人的嘴里蹦出一连串的脏话，时月听着心烦，一个扫堂腿踢飞了一只垃圾桶，半只发霉的烂苹果飞出来，刚好堵住了男人的嘴。真是不堪一击。

时月活动着手腕，她还没热身呢，这人就只剩下半条命了。这一片黑漆漆的，说不定还有更多这样的坏人，时月从巷子里走出去，开始沿着有灯光的马路边走。

车辆川流不息，人群熙熙攘攘，时月走到了一条古色古香的街上，街道两旁闪烁着酒吧的招牌。

时月随便走进一家酒吧，偶像剧中的女主角，每次心情不好都喜欢来这样的地方，时月想看看，它是否真的那么神奇。

酒吧内人群大呼小叫，肆意放纵着，华灯初上的夜晚，喧闹了一天的城市开始了夜间的繁华，五光十色的昏暗灯光下，男男女女疯狂地舞动，放纵着欢乐与疯狂。

哈哈，原来这里也有跳舞的地方。

时月一下子来了兴趣，她好久没跳过舞了，只是这儿的音乐似乎太吵了点，吵得她头昏脑涨。

时月找了一处人少的地方，开始翩翩起舞，她穿的是类似汉服的襦裙，青丝如瀑，没染没烫，有一种天然不经雕饰的美。

舞池里的男男女女，跳的都是浮夸的街舞，或者是纯属业余，摇头晃脑的呆鹅动作，只有时月像一个真正的舞者，一回眸，一转身，一舞袖，衬得上优秀的舞蹈艺术家。

“哇哇哇！你们快看那个女生！好古典好漂亮！”

“她是学舞蹈的吗？跳得好好哦！”

“她怎么来这里啦，跳得这么好，应该去舞台啊！”

跳了一会儿，躁动的人群渐渐安静了下来，自动地围成一个圈，给她腾出一个表演的空间，DJ也被她吸引了，把快节奏舞曲换成了古典音乐，灯光也变得柔和起来。

时月越跳越有感觉，她的轻步曼舞像燕子伏巢，跳跃像鹊鸟夜惊，美丽的舞姿闲婉柔靡，妙态绝伦。

一舞完毕，不知道是谁带头鼓起掌，人群中爆发出热烈的掌声。

“谢谢大家！”时月笑嘻嘻地鞠躬，虽然张井俞那么对她，但是她在外这么受欢迎，说明魅力不减当年。

掌声渐渐平息下来，有个西装革履戴着黑框眼镜的男人，自始至终，目光都没有离开过时月身上。

05

他拿着一杯鸡尾酒，走上前，彬彬有礼地说：“这位美丽的小姐，我能有幸请你喝一杯吗？”

“好呀。”时月正好口渴了，见到那杯绿色的鸡尾酒，还以为是果

汁，就在她伸手时，一双手从她后面夺过了那只酒杯。

“不好意思，我们不喝。”那只手把酒杯还给男人，拉着时月走出了这个乌烟瘴气的地方。

“哎哎哎，讨厌鬼，怎么是你呀？”时月被他拉得脚下一个趔趄，出了酒吧大门。

宁哲低声喘气，终于慢慢安静下来，他本来还生气时月一个女生，怎么有胆子一个人跑到酒吧来，这个社会这么乱，她怎么没一点安全意识？可见到时月这张脸，宁哲的火气一下子跑得无影无踪，转而换上了他的招牌笑脸。

“月儿，这是我叔叔开的酒吧，我刚好过来了，里面有很多大灰狼的，你不怕？”宁哲恨铁不成钢地看着她，这个女孩子令他魂牵梦萦，这真是无可奈何的一件事。

“噢，我不怕啊，刚来的路上，我还打了一只大灰狼呢。”时月顿时来了劲，手舞足蹈。

“你你你……打它？”宁哲惊讶得下巴都快掉到地上。

“是呀，我在路上走，有个男人跟踪我，他还说要找一个没有人的地方，和我聊聊人生。”时月把注意力投向宁哲，天真地问，“为什么要聊人生？你们人类很喜欢玩这个吗？”

“呃……这个，你别听他的，坏人嘴里能说出什么好话。”宁哲满脸通红，不知道怎么和她解释，敷衍地回答。

“噢，也对。”时月点头。

宁哲看了看她的身后，问：“你一个人？”

“嗯，一个人。”时月无语，怎么他们都喜欢说这些废话。

“没回家？”

“我没家，我是个孤儿。”

“啊？”宁哲这下更惊讶了，他只知道时月和张井俞走得近，却不知道时月的身世这么可怜，他摩挲着下巴，小心翼翼地问，“那你之前住哪儿？”

“住……”时月一下子顿住，忽然不想说出住在张井俞家的事，于是改口道，“我一边打工，一边住在别人给我提供的住处，你以为我为什么要做园艺师？因为我没钱交房租了。”

这一番话，说得时月都开始佩服自己，她怎么就这么聪明呢。

“那你现在是……”宁哲的眼眸中俨然带上了同情。

“我没钱啦，被赶了出来，房东太凶了，我行李都忘记拿了。”时月想起张井俞凶巴巴的样子，这么说好像也不过分，张井俞把她栖身的画都烧了，她的确只能流落街头了。

“……太可怜了。”宁哲艰涩地说。

“嗯，很可怜的。”时月非常同意他的话。

宁哲想到一个好办法，提议道：“月儿，你住我家吧？我家是别墅，爸妈都在国外，只有爷爷跟我住，有很多空房间。”

时月心里乐开了花，但表情依旧很凝重，好像真的在认真思考，她想考验下，宁哲够不够资格收留她。

“可是可以，只是——”时月手指着马路，“陪我玩一个游戏，我就答应你。”

“没问题。”宁哲十分有自信。

当时月说完游戏规则时，宁哲却傻眼了，这个古灵精怪的丫头，不知道脑子里装的是什么，她说的游戏竟然是闭着眼睛，穿过车流，走到马路对面去。

“玩不玩？”时月问。

“月儿，这样太危险了，要是发生意外，后果不堪设想。”宁哲犹豫道。

时月笑了一下，已经闭着眼睛往前走，其实她就是想吓吓宁哲，当她踏步到马路上时，她已经用自己的法力，布下了一个结界。

也就是说，那些疾驰而过的车是看不到他们的，由于空间不一样，自然车子也不会撞到他们，但对于时月他们来说，马路上的一切就像一场幻境，非常真实，只是造不成伤害。

时月闭着眼睛独自往前走，见她一个人闯入车流，宁哲心中一慌，顾不了那么多了，闭着眼睛挡在车来的方向，呼呼的风声和刺耳的喇叭声从耳边穿过，他心中只有一个念头，那就是不能让时月受伤。

时月走到对面，似乎觉得很好玩，微笑着看着宁哲以一个保护她的姿势，摸索着往前走，心中不禁有几分动容。

这个讨厌鬼，似乎像个勇敢的男子汉。

宁哲也走到了对面，见他睁开眼睛，时月立马冷若冰霜，别过头，用僵硬的声音说："好了，我答应去你家。"

宁哲后背爬满了冷汗，心脏已经颤抖得很厉害，见到云淡风轻的时月，他不想失了面子，眼前这个奇奇怪怪的少女，他忽然想用尽余生去照顾。

"那走吧。"宁哲很绅士地做出"请"的手势。

宁哲家有司机，他自己也有车，这次来酒吧，他便是闲得无聊，想找开酒吧的叔叔宁浩远来玩，宁浩远比他大不了多少，辈分上是他叔叔，但是和他玩得来。

碰到时月，宁哲给宁浩远打了一个电话，说自己临时有事不去了。

宁哲兴奋地开着车，这还是他第一次与时月这么近距离接触，他打开车载音乐，低缓优美的英文旋律传出来，气氛非常美好。

他本来有很多话跟时月说，但是看着时月撑着脑袋在打瞌睡，他又不忍心打扰她，把音量按钮调小，一边开车，时不时偏过头看着时月精致的侧脸。

红色的跑车平稳地在马路上行驶，平时把车开得像飞机的宁哲，轻轻踩着油门，怕吵醒了时月，也希望今夜回家的路远些再远些。

一个小时后，跑车在一栋豪华的别墅前停下来。

别墅共有三层，依山而建，离市区有点远，远远看去，别墅前是一个开放式的大庭院，里面开满了花朵，一条用鹅卵石铺成的大路，直通向铁艺大门，大路的两旁排列着形态各异的花木盆景，让人赏心悦目。

见到宁哲开车回来，负责看家的管家打开大门，浪漫与庄严的气质，挑高的门厅，圆形的拱窗和转角的石砌，尽显雍容华贵，逐渐出现在眼前。

宁哲放缓车速，静静地看着旁边浅睡的少女，目光含着爱意，眸子里盛满温柔的水光。

时月，欢迎来到我的世界。

第六章

画月梦·温柔

01

跑车刚停下，时月便醒过来了，她微微张大嘴，看着眼前如童话般的小城堡，一下子有点反应不过来。

她指着别墅，转头问宁哲：“讨厌鬼，你家？”

宁哲一笑，走下车，帮时月打开车门，拉她出来。

时月和他一起走进去，整栋建筑设计清新不落俗套，纯白色的粉砌外墙结合琉璃屋瓦，连续的欧式拱门和雕花回廊，将西方和中式的风格结合得很完美。

“我老爸是个建筑设计师，这房子是他设计的，国外还有一套。”宁哲边走边说，两人走进挑高大面窗的客厅，心神荡漾。

客厅有半个足球场那么大，文雅精巧不乏舒适，门厅向南北舒展，客厅、卧室等设置低窗和六角形观景凸窗，餐厅南北相通，室内室外情景交融，还能看到外面葱翠的竹子。

时月走向那片竹林，茂密葱茏的竹子沿着小路错落有致地站成两排，翠绿的竹叶则在顶端逐渐合围，竹林旁是一个玻璃花房，可惜花房里的花无人打理，早枯萎了。

“啧，你老爸这么厉害，你怎么不学着点？”无论时月走到园区的哪个地方，都能看到不同的景观，看得出主人设计的用心。

翠绿高大的竹林把整个内院园区隐藏其中，曲折处有通路，通路处是一个楼梯，通往楼上，时月不想上去看了。

“小哲回来了啊。”一个笑呵呵的声音传来，一个拄着拐杖的白胡子老头出现在客厅里，宁哲小跑过去，扶住他，“爷爷，这是月儿，我跟你提过的。”

“好好好，孩子，过来，爷爷看看。”宁爷爷见到时月嘟着嘴，正犹豫不前，主动伸手向她打招呼。

“叫我？”时月手指着自己，看着宁哲，宁哲点头。

“小哲常跟我说起你，说他认识了一个善良可爱的女生，就是你吧？”宁爷爷捋着仙气飘飘的白色长胡子，打量着时月，满意地点头。

时月当然不知道，宁爷爷见她第一眼，认定她是宁家的孙媳妇了，正在心里打算安排她和宁哲以后的婚事。

“哦，爷爷好，我是时月。”时月僵硬地挥手，笑了笑。

宁爷爷又说了好些话，然后拄着拐杖去卧房，笑呵呵地说：“你们玩，你们玩，我老头子不打扰你们了。”

宁爷爷一走，时月立刻放松了下来。

毕竟寄人篱下，基本的礼仪和收敛她还是懂的，宁爷爷一走，时月便开始往楼上走，使唤宁哲：“哎，讨厌鬼，我要去洗澡了，你帮我准

备衣服和吃的，我快饿死了。”

“包在我身上。”宁哲乐意为她效劳，告诉她哪里是浴室，水温如何调节，屁颠屁颠地跑去准备了。

时月上楼找到浴袍，钻进了浴室，把浴缸里放满热水，撒上玫瑰花瓣和精油，她躺在香喷喷的浴缸里，热水包裹着身体，泡了个舒舒服服的澡，把一天的疲惫都冲走了。

泡完澡，时月披着睡衣打开门，发现外面的椅子上已经放好了衣服，还有贴身的私密衣裤，清洁阿姨正在扫地，见到时月出来，她笑着说：“时小姐，阿哲在楼下等你。”

宁哲家非常富有，他对家里的佣人十分亲切，年纪大的佣人，都喜欢叫他“阿哲”，而不是冷冰冰地称呼他为“少爷”。

“噢，谢谢你。”时月换完衣服，往楼下走。

时月刚刚出浴，身体还带着沐浴露的薰衣草馨香，裸露在外的肌肤白皙而充满诱惑，昂贵的真丝睡衣穿在她身上，让她看起来像高贵典雅的公主。

黑色大理石铺成的地板明亮如镜子，反射出水晶吊灯的光，餐厅内摆着一张长餐桌，餐桌上铺着长条布和未开封的刀叉，色香味俱全的食物散发着浓浓的香气，宁哲靠坐在垫靠椅上，以一个慵懒的姿势，等她一起用餐。

见她下楼，宁哲站起来，开了一瓶红酒：“月儿，快来，我肚子都饿扁了！”

时月挨着餐桌边坐下，宁哲把一杯红酒递给她，点上一排蜡烛，关了灯。

“喂，别关灯，我看不清。”时月冲过去，打开灯。

于是，宁哲精心准备的烛光晚餐，落空了。算了，只要她开心，无所谓了。宁哲把蜡烛吹灭，然后举起酒杯：“月儿，很高兴你来我家，干杯。”

“不叫月儿我会更高兴。”时月随意和他碰了一下杯。

她拿着切牛排用的刀叉，围着餐桌走来走去，插起一块块肉，像是发现了新大陆：“哇，我发现这东西比筷子好用。”

宁哲看着她一脸幸福地咀嚼吞咽，把好肉全夹到她面前的盘子里：“你多吃点。”

“嗯嗯。”时月点头。

晚餐过后，时月打了一个饱嗝，她参观完别墅的二楼、三楼，然后挑了一个空房间睡觉，叫宁哲帮她打扫好，宁哲很快就安排人，给她收拾出一间温馨梦幻的房间。

月光透过薄薄的窗帘照进来，在地面洒下一片洁白的光，窗外树影摇动，平静之中又夹杂着一丝不安。

时月躺在温暖的被窝里，翻来覆去睡不着，她想起了张井俞。

她不喜欢宁哲，只是喜欢使唤他，宁哲十分听话，乐意为她跑前跑后，这样一比较，他比张井俞听话多了，可她心里想的是张井俞。

要是张井俞也像宁哲一样，那该多好。

讨厌，她为什么要想起张井俞，张井俞对她那么狠，那么无情，她和他有“烧画之仇”，一定不能原谅！

时月烦躁地在柔软的床上滚来滚去，手脚一片冰凉，血液流动的速度也变得缓慢起来，如果不重新找到可以令她恢复身体的地方，总有一天，她体内的血液会凝结，法力会消退，身体彻底变成一棵枯死的树。

太可怕了，这一切都是张井俞害的，她不会放过他的，绝不会。

02

住了两天，一大早，时月站在阳台上，看着楼下的庭院内，有人在修剪草坪，宁爷爷穿着一身宽松的休闲服，正在打太极。

时月简单地吃了早点，换了衣服、鞋子，走出去就遇到了宁哲，他穿着连帽运动服，反扣着棒球帽，额头上布满细密的汗珠，看起来是刚跑步回来。

又是棒球帽，黄淼淼还送过张井俞棒球帽！

时月伸出一根手指头，不满地挑掉了宁哲的棒球帽：“别戴！”

“怎么了？”宁哲转身看着被她弄到地上的棒球帽，他觉得很好看，时月怎么那么嫌弃的样子。

“丑死了。”时月说着，从他身边走过。

宁哲用肩膀上搭着的毛巾擦了一把汗，几步追上她：“月儿，你去哪儿玩？”

“玩，就知道玩，我去办大事，你别跟来。”时月弹了一下他的脑门，恶狠狠地说。

宁哲笑着看她走远，他今天刚好也有事，跑步的时候，爸妈跟他打电话，商量出国留学的事，要宁哲去一趟学校。

至于时月要办什么大事？

她想了一夜，终于想出一个绝好的报复张井俞的方法，那就是到处惹是生非！张井俞以为赶走她就完事了？天真，她时月可不是别人呼之即来、挥之即去的妖，她要逼得张井俞主动来找她。

于是，出现了接下来的几幕——

时月趁着没人注意，躲开摄像头，冲拳头哈了哈气，把一排邮筒捶烂了，然后拿出随身携带的小刀，在墙壁上刻下一句“我力大无穷，所以打坏你们的邮筒，哈哈。——张井俞”。

时月用口罩蒙住脸，戴上大墨镜，把头发塞进男式帽子里，伪装成一个少年的模样，快速地用借来的锯子锯倒一棵树，树木倒在路中央，汽车喇叭声按得震天响，引起了交通堵塞，时月对锯掉的大树道歉，然后留下一条横幅“我张井俞要毁灭你们人类，就问你们怕不怕？”

时月戴上灵隐镯，隐身潜伏进了博物馆，把珍贵的文物盗走了，然后留下了一个信封，信纸上写着“朋友，认识张井俞大侠吗？想找回文物，来抓我啊！”

接着，她又溜进各大商场，偷走了许多女士内衣裤，留下满天飞舞的纸条，上面写着“我张井俞要研究下女士内衣的材料和制作，先借用借用。”

短短一日，时月闹得城市里鸡飞狗跳，有许多人说他们家的汽车被人喷上了涂鸦，写着“张井俞”，有人说市内多处标志性建筑穿上了衣裙，上面均挂着一块牌子，写着“张井俞讨厌这座雕塑”，有人说她推着婴儿车出去散步，小宝宝离奇失踪一小时，回来后婴儿车内多了一个玩具，玩具上写着“不看好你的宝宝，下次张井俞就把他卖掉哦！”。

这些反常的事件闹得人心惶惶，派出所接到不少市民的报警电话，内容五花八门，事件恶劣又让人哭笑不得，一时间，“张井俞”三个字家喻户晓，这个人似乎一下子成了危险的“恐怖分子”。

舆论压力太大，警察找上了张井俞，沈白茶和张兆睿都在上班，儿子被带到了派出所，他们都不知道。

“张井俞，你到底要干什么？闹得市内鸡飞狗跳，想坐牢吗？”一个胖子警察把手上的文件拍在桌上，对着他唾沫星子横飞，事情虽然恶劣，但都像小孩子似的恶作剧，一下子也不能判他有罪。

张井俞吃了哑巴亏，他虽然心里疑惑，但是还是平静地说：“我请求看下我留下的物证。”

然后，一沓照片被送到他手中，张井俞一看那些写得歪歪扭扭的字，心里立刻明白了，他交还照片，冷静地开口：“警官，你要是我，做下这些事，您会故意留下线索，让人来抓自己吗？”

“这……”胖子警官一下子说不出话来，其实他也觉得这案子疑点重重，才想和当事人先交流，他松开衬衫的一粒纽扣，靠在办公桌边，“那我就不知道了，这些事不是你做的，反正也跟你脱不了关系，这名字可不是假的。”

“我会给您一个交代的，请给我三天时间，行吗？”张井俞态度很诚恳。

胖子警官没出声，上头把这案子交给他，他本来就烦得不得了，现在有人主动请缨，他省下不少事，于是他咳了咳，说：“就依你，给你三天时间，三天过后，我们走法律程序。”

从警察局回来后，张井俞第一时间联系了时月。

发短信息，她不回，打电话，她不接，张井俞知道她是心中记仇，不肯理他，于是只能等。

时月美滋滋地吃了一盒奶油雪糕，看着手机屏幕亮了又熄灭，熄灭又亮起，十分解气。

现在知道来求我了？早干什么去了？

“月儿，怎么不接电话？”宁哲端来一盘水果沙拉，这已经是第三盘了，时月站起身来，冲他摆手。

“我不吃了，晚点再回来。”她走到门边，顺手把空雪糕盒扔进垃圾桶。

宁哲自己吃起水果沙拉来，回头问她：“要不要我送你？”

“不用。”时月骑上停在外面的小电动车，一哧溜地消失在黑夜中，这两天她学会了驾驶小电动车，省下不少力气。

她戴着头盔，听着手机里的歌，一路迎着暖暖的夜风，行驶到张井俞家门前。

张井俞正抱着手机，在院子里急得走来走去，忽然他听到门外有声音，下意识地从猫眼去看，见到是时月，张井俞立刻走出去。

“时月，你过来了。”张井俞姿态很低。

时月取下头盔，白了张井俞一眼，果然是要搞事，张井俞才会这么低声下气地跟她说话，她自来熟地走进来，环顾了一下四周。

“我爸妈去姑妈家走亲戚了，只有我一个人在。”张井俞像是猜到了她的心思，主动开口解释。

时月点点头，用高傲的眼神看了他一眼。

“时月，我不想再招惹你，但是这是法治社会，什么都不能乱来，否则会害别人有理说不清。”张井俞习惯性地开始说教，平日喜欢听他说话的时月，此刻觉得很烦。

时月站得笔直，一手背在身后，一手指着自己问：“你希望我听话呀？好啊，咱们做个交易。”

“只要你不继续扰乱社会治安，我们一切都好商量。”张井俞有错在先，现在时月做事肆无忌惮，他不想再惹怒她。

“你们人类有一句话叫‘欠债还钱，天经地义’，你烧了我栖身的画，欠了我，我不要你还钱，只要你赔一幅一模一样的给我，我保证乖乖听话。”时月说。

上次一时冲动，张井俞烧掉了画，为此，张兆睿还狠狠地骂了他一顿，可事已至此，张兆睿也无可奈何，只说画作本来是留给张井俞的，他烧了也是他的事。

03

“所谓覆水难收，画已经烧成了灰烬，恐怕……”张井俞显得有点为难。

“无妨。”时月知道他的担忧，看似不可能的话被她说得一本正经，“我栖身的画材料并不特殊，只是因我而有了灵气，只要你能找到和原先一模一样的熟宣，让我待着舒服，剩下的事都交给我。”

“好，我带你去安徽宣城找熟宣。”张井俞一口答应，那幅画的材料他很清楚，只要肯花点功夫，找一幅一模一样，或者稍微有偏差的熟宣纸，应该不难。

他们读的学校是连升制度的，考试完后需要做实践调查，昨天黄淼淼说她也要去宣城做调查，而这次自己和时月一起同往，他怕黄淼淼乱想，刚好趁着放假三个人一起去。

“一言为定。”时月坚定地回答，走了出去。

张井俞低下了头，久久没有说话。

“宣城是中国的历史文化名城，中国文房四宝之乡，宣城文化底蕴深厚，其文脉源远流长……”

时月躺在床上，在网上搜索关于宣城的介绍，内心产生向往之情。

“咚咚咚。”有人敲门。

时月头也不抬：“进来。”

房门打开，一双充满笑意的眼眸看着她，宁哲端进来一碗冰镇酸梅汤，现在天气渐渐热起来，时月很喜欢喝这种酸酸的汤，他便跟厨房里的阿姨学会了制作方法，每天做给她喝。

“月儿，我猜到你没睡，看什么呢？”宁哲似笑非笑地凑过来看她的手机，把酸梅汤放在她手边的书桌上。

“对了，我要出去好几天。”时月说。

“出去旅游吗？月儿，我也有时间，一起去嘛。”他嚷嚷着。

时月没时间和他斗嘴，认真地说：“我和张井俞去宣城有点事，你跟着去干什么？”

“竟然和男人一起去？哇哇哇，月儿，我太伤心了。”宁哲刚洗完澡，身上散发着柠檬味的清香，他把脑袋凑过来，不满地叫嚷，“我也要去，我今年的计划就是去宣城旅游。”

宁哲对张井俞没好印象，他觉得这家伙肯定对时月图谋不轨，一定要盯住他。

“随便你，那一起去吧。不过先说好，你的费用自己出。”时月指着他，一副没得商量的表情。

“好说，你们的费用我也包了。”宁哲十分慷慨。

于是，时月跟张井俞说了宁哲同去的事情。宁哲办事很有效率，帮他们买了四张飞机票，定好酒店，打算趁着五一黄金假期，一起出行。

七天后，四个人背着包，在约定好的机场会合。

宁哲和时月由宁家的司机送来的机场，到得比较早。他们定的是九点的飞机票，现在才七点多，宁哲特意买了一些水果，让时月边玩手机边吃。

“张井俞怎么慢得跟乌龟一样。”等了好一会儿，宁哲一边拿着手机玩游戏，一边看手表，八点多了。

时月刚收到张井俞的信息，他和黄淼淼到了机场门口。时月站起身，便看到一个穿着牛仔裤，白色短袖的清秀男生，他竟然戴着黄淼淼送的那一顶棒球帽。

可恶，看起来有一种致命的帅气。

“嘁，还戴帽子，好丑。”宁哲也看到了张井俞他们，酸酸地说。

“你才丑。”时月踢了他一脚。

张井俞也看到了他们，他正帮忙提着黄淼淼的行李箱，朝他们走来。黄淼淼穿着一条粉色的公主裙，脸上还化了淡淡的妆，他们看起来像是一对去旅游的小情侣。

宁哲回头打量时月，牛仔背带裤内搭一件白色T恤，帆布鞋，利落的马尾，看起来分外青春活力，他眯着眼睛笑：“果然还是我们家月儿最好看。”

“路上有点堵车，抱歉，来迟了点。”张井俞说。

“哼。”宁哲冷冷地看了他们一眼，问他们要了身份证，去自动柜员机取了票，几个人又等了一会儿，开始登机。

飞机起飞后，不久，灿烂的金色云朵出现在眼前，时月趴在窗户上，兴奋地看着奇异的云海，笑着感叹：“好美！”

她这样一笑，在宁哲的心里激起了无数浪花。

黄淼淼闭着眼睛在休息，张井俞在翻阅飞机上提供的杂志，只有时月对一切都感到好奇。而宁哲的目光跟随她，不曾离开。

到达目的地，他们几个人先去了酒店休息。时月跟黄淼淼住在一起，自从在江边时月说过那样的话后，黄淼淼对时月冷淡了许多。

而面对张井俞，黄淼淼态度也是不冷不热，让人猜不到她心里是怎么想的。

“你要洗澡吗？”黄淼淼穿着凉拖，抱着睡衣问时月。

时月正盘腿坐在床上看肥皂剧，她摇摇头，伸手抓了一把瓜子，嘎嘣嘎嘣地嗑着，黄淼淼也能感觉得到时月对她生分了许多。

浴室门一关上，时月就转头看过去，冲凉的水声哗哗啦啦响起，她第一次对一个人有了愧疚的感觉。

说起来，黄淼淼性格温和，对她也很好，如果不是因为张井俞，说不定她们能成为很好的朋友，但时月的眼里容不得半粒沙子，她无论如何也接受不了自己的朋友和自己喜欢的人在一起。

也许……没缘分吧。

时月把电视机声音调大，拿起遥控器，从头到尾按了个遍，完全没兴趣看下去，她拿上钥匙，出了门。

青石板路上，张井俞站在一处石桥上，若有所思地看着环绕着小城的山山水水。

一个安静的城市至少会因为还存在着艺术的生命不会被埋没，是文化构造了宣城。这里美得能洗涤人的心灵，宣城的宣纸非常出名，一张宣纸的制作需要耐心、细心、恒心，这样高雅的艺术是由朴素的宣城人铸造的。

除了文化底蕴，这座小城给时月的第一感觉就是安静，像是一位撑着油纸伞在巷子中漫步的美丽姑娘。

忽然，面前的湖水荡漾起了一圈圈淡淡的涟漪，下起了小雨。

“姑娘，下雨了，送你一把伞吧。”身边经过一对推着三轮车卖伞的年老夫妻，见时月一个人在淋雨，头发斑白的老奶奶递给时月一把油纸伞。

“谢……谢谢奶奶。”等到他们走远了，时月才回过神来，撑着油纸伞道谢。

雨丝大起来，轻轻地坠落在小荷塘，溅起朵朵透亮的小水花，水珠在翠色欲滴的荷叶上蹦跳着、滚动着，稍不留意，“叮当”一声，滚落水里，惊得鱼儿们四处逃散。

04

张井俞的后背被雨淋湿了，乌黑的发尖上，也沾染着晶莹的雨珠，不知道是谁拉起了二胡，曲子时月听过，是有名的“梁祝”。

哀伤的小调弥漫在青灰色的瓦片之中，草荇之间不仅仅有湿漉漉的气息，更有挠心的小调。

时月走上桥，走到张井俞的身后，给他撑着伞。张井俞正观赏着满

塘新荷，丝毫不在意被细雨打湿了衣裳。

“张井俞？”时月见到这样的他，忽然有些心疼，她的话语第一次溢出忧伤，“我是不是不应该来到这个世界？”

“嗯？”张井俞接过她手中的油纸伞，和她并肩站在一起，时月会问出这句话，倒是他始料未及的。

上次时月用“张井俞”这三个字，闹出了不少事，后来他陪着时月，到警察局承认了错误，并交了一大笔罚款，归还了拿走的所有东西。官方对外宣称，闹事者精神有问题，已经送往医院进行治疗了，这事情才慢慢压下去。

他一直觉得时月是自私的，不会考虑别人，她见风就是雨，也不会管任性妄为会造成什么后果，现在她竟然开始反思，自己是不是应该来到这个世界，他是不是要感到欣慰？

“看到你因我痛苦，我发现，我并不快乐。”时月紧咬着嘴唇，“所以你看到黄淼淼伤心，也不会快乐吧，我对你，就像你对黄淼淼，我现在明白了。”

“你……对我很了解吗？”张井俞看着她，眼睛也不眨地问。

“你忘记了吗？在郊外游玩时，你告诉过我，你说，你喜欢她。”时月的心一抽一抽地疼。

张井俞回忆起当初游玩的快乐画面，耳边还不断回响着竹筏飘荡在水里的声音。时月就这样痴痴地看着他，嘴唇翕动着，费了好大劲才说出一句话。

“张井俞，我喜欢你。”就在张井俞呆怔时，时月抱住张井俞，声音和雨水一样清冷，嗫嚅道，“喜欢很久了……”

油纸伞跌落到地上，溅起几朵水花，池塘里一只青蛙，“扑通”一声跳下水，然后他们看到了两个人。

宁哲捂着一袋糖炒板栗，石化了一样，看着她。

黄淼淼撑着一把薄荷色的雨伞，提着一袋柑橘，看着他。

时月抱住张井俞那一幕，他们都看到了。

“张井俞，我喜欢你！比所有人都先喜欢你！”时月的心思终于不是秘密了，她大声地告白，大方地承认她喜欢张井俞。

不是过去的陈琛，是现在的张井俞，眼前这个实实在在的少年。

“我这一生最疯狂的事，就是爱上了你，最大的心愿，就是你能陪我白首不相离！任何时候，任何情况，只要你需要我，我会立即赶来，人明明可以忘记，但我不肯放弃，”雨水冲洗着时月脸上的笑意，她的声音如雨打碧荷，“我想和你一起，朝朝暮暮，我想与你并肩，等待明天，我想牵你的手，走过今生，牵你的手，生生世世。”

陈琛也好，张井俞也罢，如果爱上也算是一种错，时月深信这会是生命中最美丽的错，她情愿错一辈子……

“淼淼！”

身边一阵风卷过，张井俞推开她追了出去，刺骨的凉意侵入了时月的骨。她缓缓地转过头，看到石桥下，地上散落着一袋柑橘，黄淼淼擦眼睛，伤心地跑开了，张井俞着急地追随她而去。

时月闭眼，脸上浮现一个苍白的微笑，哀婉地笑道：“原来……还是不行啊……”

石桥的另一头，走上来一个人，捡起她脚边的油纸伞，帮她挡住细雨，说：“月儿，我帮你买了糖炒板栗，老板说很好吃的。”

时月的眼皮动了动，然后缓缓地睁开，眼神茫然地望着眼前的人，他双手捧着一袋热乎乎的板栗。

他的头发和衬衫是湿的，他的手紧紧捂着怀中的板栗，没有沾到半点雨水，时月不知道为什么，突然就哭了。

宁哲本来听到时月对张井俞表白，心都碎了，现在看到她哭，更是以为她受了欺负，他笨拙地擦着时月的眼泪，安慰道：“月儿乖，不哭，不哭，我帮你报仇。”

时月哭得更厉害了。

“你看啊，我喜欢你，虽然你不喜欢我，还对我那么凶，可我也没哭啊。”宁哲说着，拉了时月一把，催促她回去洗个热水澡，怕她生病感冒。

时月被宁哲拉回酒店，洗了个热水澡，爬进了温暖的被窝，连晚饭都没吃。

晚上，黄淼淼回来了，她轻手轻脚地忙活了一会儿，爬到大床上，关了灯。

空气安静了一会儿，黄淼淼忽然翻转了身体，在黑暗里轻轻地喊她：“小月？”

黑暗中，时月慢慢地睁开眼睛，听着她的下文。

“你很喜欢他，对吗？”她问。

时月看着窗外浓重的夜色，闷闷地“嗯”了一声。

“我不会和他在一起的。”黄淼淼意外地说出一句这样的话，“如果和张井俞在一起，会让你难过，我不会答应他的。”

浅浅的呼吸声喷在时月的耳侧，黄淼淼的声音听起来有一种莫名的力量，她说：“小月，我们还年轻，总会遇到其他人的，井俞不代表一切，未来有无限的可能。”

我们还年轻，总会遇到其他人的……

时月心里默念着这句话。

“我们还是朋友，对吗？”黄淼淼小声地问她。

时月平躺着身体，睁着大大的眼睛，看着天花板，眼眶忽然酸疼不已，黄淼淼小心地呼吸着，似乎在等她的回答，半晌，空气中传来时月软软的声音：“嗯……”

外面，雨还在淅淅沥沥地下着，打在屋檐上，噼里啪啦响着。

时月的心里，平静得如明镜。

谢谢你，黄淼淼。

05

第二天一早，乌云散尽了，只是天空还有些灰蒙蒙的。风很凉爽，空气中夹杂着青草与泥土的味道，清新而湿润。

太阳已经慢慢地越过群山,露水在早晨的阳光里闪光,草地的迷雾正在消失,周围都是芳香、新鲜的气味。

四个人在酒店三楼用餐，气氛有些尴尬，谁也不说话。

“有彩虹！”时月指着外面忽然喊道，远远的地平线上,色彩缤纷的彩虹天桥架在小城上空。

“哇，这里果然是世外桃源！”宁哲很给面子地附和她。

时月告白后，张井俞面对她脸色总有些不自然，他喝完碗里的白粥，说：“等会我们去寻找宣纸。”

“哦，知道了。”时月用筷子戳着碗里的包子，一手撑着下巴，看着那道彩虹慢慢地变淡，消失。

“美好的东西总是那么短暂。”黄淼淼有些惋惜地看着消失的彩虹，笑着说。

然后，大家都没有再多说话，吃完早餐便背着书包出门了。

一路上，张井俞像个老师，开始给他们说起宣城的文化：“现在我们画画用的宣纸，起初产于安徽的泾县，古属宣州，也就是我们来到的这个地方，所以就称之为宣纸，宣纸基本分为两大类，生宣和熟宣。”

叼着一根狗尾巴草，走在最后的宁哲感到十分不爽，张井俞话说到一半，他转而问道：“张井俞，你老说生宣、熟宣，这都是些什么？”

刚好他们经过的地方，就有一家卖纸的店子，张井俞带他们走进去，指着两种纸解释：“生宣由于造纸原料的配比不同，可分为单宣、单夹、净皮、棉料、夹宣和三层夹，我就不细说了。生宣吸水性强，是书画用纸的主要材料，而且生宣久藏为好，刚生产出来的宣纸过于净白，久藏的生宣色泽柔和，用墨用色更具韵味。”

“这个我知道一点，有时候为了让新的生宣能取得陈纸的效果，可以将纸在风口挂一段时间，是吧？”黄淼淼接过他的话，指着悬挂的一些纸，“就像这样，所以它们也被称为‘风纸’。”

“啥？疯子？还傻子呢。”宁哲吐掉嘴里的狗尾巴草，无聊地打量着门店。

“你别说话。”时月随手敲了宁哲的脑袋一下，她对这些还是很有兴趣的，时月弯腰看着一幅临摹王羲之的字帖，随口问张井俞，“那熟宣呢？”

“这就是我们今天要找的纸了。”张井俞用手触摸着一张纸，摇摇头，“熟宣是配染胶矾的生宣，就算着水，也不会渗化，现在工艺发达了，把它们再加以染色、洒金，便可以产生繁多的品种。”

“名字比较难念，一般熟宣的主要品种有素宣、煮砭、玉版、蝉羽、冷金、虎皮等。”张井俞说得头头是道，就连老板也被他吸引，朝他看过来，“不过熟宣不宜久藏，藏久了要脱矾，那样就会出现局部渗墨的现象。”

“小伙子，你说得很好，咱们这些文化，可就指望你们这些年轻人继承了。”老板是一个看起来很风趣的中年人，他笑眯眯地说。

“我只是略懂，有什么说得不好的地方，还请不要见怪。”张井俞有些不好意思。

老板连忙摆手，问张井俞："你们来这儿是……"

"老板，我找一种经过加工的熟宣纸，上面有蜡生金花罗纹，具体要见到，才能感觉得出来。"张井俞谦虚地说。

"找纸？去找欧文烨老师，他在宣城专门开了一家造纸公司，什么纸张都有，只要你能说出来，没有他们公司造不出来的。"老板提议。

"真的？"张井俞有些激动，没想到踏破铁鞋无觅处，得来全不费工夫，看来进这家店，是进对了。

老板当即给了张井俞他们地址，张井俞他们按照地址找到了老板说的这位欧文烨老师。欧文烨是位年过半百的老先生，身体看起来很硬朗，他既是当地一家著名企业的董事长，又是一位非常有威望的书法艺术家。

张兆睿喜欢书法，张井俞从小耳濡目染，学了不少东西，和欧文烨聊得很投机。

欧文烨很欣赏张兆睿，知道他的来意，亲自吩咐要帮他这个忙。

张井俞的运气好，找到了和烧坏的那幅画相似度很高的熟宣纸，只是要达到张井俞的要求，还需要再加工，他们需要等十多天。

这十多天，时月、张井俞陪着黄淼淼一起完成了她的实践调查，内容是关于宣城的造纸文化和这一文化的发展。至于宁哲，他对这些没兴趣，一个人拿着单反，到处拍风景，玩了一段时间。

十天后，欧文烨亲手把张井俞要的熟宣纸，送给了他，还画了一幅宣城的工笔画，当作礼物赠送给他。

张井俞感恩老先生的厚爱，班门弄斧，也回赠了一幅工笔画作品，四个人目的达成，依依不舍地离开了这座小城。

飞回自己的城市，回来的路上，他们拦了一辆出租车。

“张井俞，没想到你懂这么多。”时月用崇拜的目光，看着他手中包装精美的熟宣，平时张井俞显得有些木讷，关键时候，还是发挥了重要的作用。

“知道的，并不一定要都说出来。”他回答。

宁哲坐在后排，跷着二郎腿，嘲讽地说：“哟，张井俞，给你三分颜色，你还真开起染坊啦。”

时月默默地踩了宁哲一脚：“你闭嘴。”

“井俞，小月，这次的实践调查报告，我会把你们的名字都加上，对升学很有帮助。”黄淼淼坐在副驾驶位置，回头看了一眼他们。

“我无所谓，不上学都没关系。”时月说。

“嗯，都加上吧。”张井俞回答。

宁哲伸长脖子，嚷嚷道：“黄淼淼，还有我，也加上我呗。”

“你休想。”时月才不给他这个机会，看到黄淼淼不忍拒绝宁哲，脸色为难，抢先说道。

黄淼淼用感激的目光看着时月，对她微微一笑。

张井俞看着两个女生反常的态度，不知道她们之间发生过什么事。

下了车后，大家都往自己的家中走去。

进入夏季后，气温回暖，一路上石榴花全开放了，绿叶衬着红花，

美丽极了。远望，它们像一片熊熊燃烧的烈火，又像黄昏时升起的红艳艳的晚霞。

晚风带着月季花的幽香，飘在这条安静宽敞的大道上，时月背着书包，心旷神怡，这一次去宣城，似乎收获不小。

张井俞、黄淼淼、宁哲……

时月心中闪现过他们三个人的名字，嘴角荡漾开一个舒心的微笑，这是她来到这个世界的第二年，拥有过欢乐，也流下过眼泪。

左胸腔的地方，心脏暖暖的，充盈着温柔，似乎有什么东西开始变得不一样了。

第七章

画月梦·空欢

01

瓦蓝瓦蓝的天空没有一丝云彩，天气闷热得要命，一丝风也没有，稠乎乎的空气好像凝住了，后花园里的那棵老杨树长满了绿色，像一把撑开的绿绒大伞。

炎热的中午，太阳把大地烤得像蒸笼一样，时月摇着一把扇子，躲在杨树下啃西瓜，一只斑点狗趴在树荫下伸着舌头喘气，偶尔舔一舔流到地上的西瓜汁。

“好热啊。”太阳晒得地皮发烫，别墅里的植物全像得了病似的，叶子在枝上打着卷儿，枝条无精打采地低垂着。

“汪……”斑点狗呜咽一声，啪嗒啪嗒喝着狗盆里的清水。

张井俞和黄淼淼今天考试，宁哲出去帮她买冰激凌了。就在时月恨不得拿大炮把太阳轰下来时，宁哲回来了。

“月儿，你傻啊，坐在这里当一块烤肉，房子里有空调，你进去凉快些。”宁哲纳闷地看着她，屋外屋内，明明一个是夏天，一个是冬天，她偏偏要待在院子里。

时月跑过来，接过他手中的冰激凌，倔强地说道：“空调吹得我浑身软绵绵的，我不喜欢。”

“小心中暑了。”宁哲在旁边坐下，他开车回来的，身上还带着一股空调的冷气。

“哎，听说你们考试后，就上什么大学了？”时月舔了一下冰激凌，斑点狗跟着吞咽了一下口水。

“乐乐，来吃西瓜。”宁哲看斑点狗馋得可怜，弯腰把一块西瓜放到它面前，一边回答时月，“噢，是啊，不过我们学校是连升的，直接读就行了，考试只是个过场。”

“那你怎么不去考？”时月鄙视地看着她。

“我呀，我要照顾你啊。”宁哲一脸坏笑。

时月知道宁哲的父母给他安排了更好的路，出国留学再继承家业，听起来没半点劲。她吃完冰激凌，宁哲指着屋内：“买了几箱，各种口味都有，还吃吗？”

时月摇了摇头。

“那你呢，怎么不去考试？”宁哲躺在摇椅上，开了一罐可乐喝。

时月双手托腮，然后看着那只斑点狗，脸上突然浮现出失落：“因为我不是人。”

“啊？月儿，你脑子被热坏了？不用这么骂自己吧？为什么这

么——”宁哲说不下去了，因为他看到时月诡异一笑，一摆手，地上卷起一股凉爽的风。

时月手往哪边摆动，风便往哪边去，风缠绕上小花园里的牡丹花，花朵受到冲击炸裂开，漫天的花朵飞舞，空气中弥漫着甜腻的花香。

“哇！月儿，你会变魔术？”宁哲看着这不可思议的一幕，恍然大悟道。

“对，我会变魔术。”时月立即回答，“不想考试，我想继续做园艺师呀，我不喜欢读书。”

“和我一样！月儿，你看我们好般配。”

“不要脸。”

宁哲越来越放肆了，果然吃人家的嘴短，拿人家的手短，时月现在就像一只米虫，生活起居全靠宁哲接济。

空气被晒得滚烫滚烫的，时月熬不住了，钻进了空调房，躺在沙发上，盖着一条薄薄的毛毯，很快睡了过去。

不久，学校出成绩了，学生们参加完毕业典礼，开始频繁地聚会，一起怀念这几年的青春岁月。

黄淼淼继续留在了本校一体化的大学，校区建立在离半山腰不远的平地上，靠近市区，更加繁华热闹，而张井俞考到了对面的大学，两人隔得很近。

张井俞请大家吃饭，现在时机成熟了，他想把一切心里话都告诉黄淼淼。

吃饭的地点是一家日式料理店，门口摆放着两棵巨大的樱花树，店内悬挂着很多彩色风铃。

他们定的包厢在二楼，踩着木楼梯上楼，能闻到雪松木和淡淡的花香，张井俞盘腿坐在草垫上，和几个朋友等待其他人到来。

其中有几张面孔，不久前张井俞生日，时月见过，他们见到时月，尴尬地打了一声招呼，而见到跟在她后面的宁哲，上次那个对时月不善的女生苏叶冷哼一声。

“听说你从井俞家搬走了？”苏叶明知故问。

时月沉浸在自己的世界里，完全没听到苏叶的话。

“我跟你说话呢？”苏叶见时月不理自己，抬起头，冷不丁撞进一双冰冷妖冶的眸子。时月不屑与她交谈，拂起裙摆，在席间坐下。

苏叶挑了挑眉，没有做任何回应，一双眼睛还是带着微妙的情绪打量着时月，最后只剩下黄淼淼姗姗来迟，她进门，笑靥如花：“对不起，我来迟了。”

“淼淼。”张井俞起身欲迎接，门外紧接着走进来一个戴墨镜的少年，他挑染着嚣张的银发，耳朵上戴着一枚银色耳钉，穿着黑色涂鸦的衬衫配小马甲，破洞牛仔裤，脚下穿着马丁靴，配合着他的气质，像是T台上的时尚模特。

只是这种潮流，许多人欣赏不来。

进门后，少年伸手把一顶草藤编织帽扣在黄淼淼头上，笑道：“犯迷糊，帽子忘了。”

张井俞的眼中像长了刺，目光死死地盯着少年的手，黄淼淼回头温婉一笑：“谢谢你，阿翼。”

“这是蓝小翼，我的朋友，刚从法国回来。”黄淼淼笑着向大家介绍这个少年。

闻言，少年夸张地做了个手势：“嗨，各位帅哥美女，你们好啊！我是L，服装设计师，淼淼的青梅竹马兼护花使者哦。”

一个聒噪又骚气的男人。

时月喝了一口大麦茶，心里对他下了定义。

“大家……点餐吧。”张井俞回到座位上，把菜单分给众人，淡淡地说。

时月打量了一下张井俞，他的眉头皱得像两条毛毛虫，全程闷头吃菜，安安静静地不说任何话。

“月儿，加芥末不？”宁哲心思只在时月一个人身上，拿着一个青瓜海草寿司问她。

像是故意地，蓝小翼也殷勤地为黄淼淼服务：“淼淼，加醋吗？味道酸酸的，闻起来不错哦。”

“不用。”

时月和黄淼淼同时开口。

“哎呀，美丽的小姐，你声音别那么大，吓坏了我们家淼淼。”蓝小翼眼里闪过责怪。

“她是纸糊的吗？”时月嗓门更大了。

黄淼淼扯了扯蓝小翼的衣袖：“阿翼。”

“明白的，我不说了。”蓝小翼要她放心。

一顿饭大家各怀心事，每个人不自觉加快了用餐的速度。

饭后，张井俞预定了包厢，去一家叫“天籁之音”的主题KTV唱歌，他们选的是海洋主题，里面的装饰是梦幻般的地中海蓝色。

蓝小翼一直在国外学服装设计，由于十分有天赋，他提前完成了学业，回到国内给一家服装公司当顾问，报酬丰厚。

他是黄淼淼从小玩到大的朋友，后来因为各自搬家，慢慢联系变少了，这次回来，蓝小翼像是小蜜蜂一样，围绕着黄淼淼转，不知道打的什么主意。

02

“你们都不点歌，我先唱了。”蓝小翼一点也不见外，点了一首英文歌，唱得很投入，他的歌声不错，声音醇厚有磁性，听起来和他的外表一点也不相符。

“我要唱！”时月可不管他，抢过话筒，叽里呱啦地唱起来，她唱

得毫无节奏，蓝小翼不得不停止。

时月一边怪叫，一边用余光瞟他，谁叫他惹得张井俞不高兴，这个世界上，只有时月能欺负张井俞，其他人，不行。

宁哲跷着二郎腿，嗑着瓜子，看好戏一样看着时月撒泼，蓝小翼被她气得放下话筒，坐到沙发角落喝果汁。

见蓝小翼走了，时月心里非常得意，虽然她的行为相当幼稚，但是见到蓝小翼吃瘪，张井俞脸色看起来确实好了不少。

“小月，我们合唱一曲吧？”黄淼淼提议，时月借她电脑看过经典电影《倩女幽魂》，抱着屏幕说张国荣好帅好酷，她于是点了里面的主题曲，“这个可以吗？”

“可以呀。”熟悉的音乐一响起，时月立马正经起来，MV播放出电影片段，时月立马化身女歌手，深情地唱起来。

蓝小翼睁大眼睛，这个优美动听的声音是她？刚刚的她怎么像狗叫一样？存心跟他过不去是吧？

“人生是美梦与热望/梦里依稀/依稀有泪光/何从何去/去觅我心中方向/风仿佛在梦中轻叹/路和人茫茫……”

这是一首经久传唱的老歌，时月和黄淼淼将它唱出了一种凄美绵长的味道，尾音一落下，包厢里响起了热烈的掌声。

“月儿，我是你的粉丝，好棒！”宁哲吹起口哨。

蓝小翼起身，倒了一杯纯净水递给黄淼淼，笑着说：“淼淼，别渴坏了，和她合唱很累的。”

“别说我家月儿坏话，有本事来一较高低。”时月的敌人，就是他宁哲的敌人，宁哲发起挑战书。

“来啊，互相伤害。”蓝小翼挽起袖子，把一只话筒扔给宁哲，宁哲接在手中，两个人去点歌，包厢里开始鬼哭狼嚎。

其他人见话筒被霸占，自觉地凑在一起，玩“真心话大冒险”，张井俞作为东道主，去买了一些零食、饮料和水果拼盘进来。

临近十点，他们才从包厢离开，一行人陆陆续续地回家。

“人间路，快乐少年郎！”时月走三步蹦一步，意犹未尽地唱着。

宁哲把他的跑车从车库开出来，摇下窗户，招呼时月过去：“你是快乐小月呀，来，上车了。”

张井俞考到了驾照，开了张兆睿的车出来，他本想送黄淼淼回去，但是蓝小翼先他一步，让黄淼淼上了他的车，还要去黄淼淼家做客。

“这么晚了做什么客？鸡毛掸子，你是不是打什么坏主意？”时月见他打扮得花里胡哨的，就像一个鸡毛掸子，毫不客气地问。

“哪有，黄阿姨很喜欢我好吗？我去看望看望她，淼淼家大，我人瘦，睡客厅就行。”蓝小翼给黄淼淼打开车门，靠着车身说。

时月终于见到了比宁哲脸皮还厚的人。

张井俞要他的几个朋友上自己的车：“苏叶，阿畅，小刀，我送你们吧。”

“张……”时月不知道该说什么了，眼见着张井俞简单和他们告别，驾车驶离了这个地方。

蓝小翼回到车上，鸣了一声喇叭，像是挑衅时月他们一般，冲她比了一个开枪的手势，引擎声响起，汽车疾驰而去，扬起一地灰尘。

“月儿，想不想去兜风？”宁哲见她坐进车内，笑眯眯地问。

时月有点不开心：“不了，回去。”

“行，出发！”宁哲把车载音乐调到一首纯音乐，是时月刚刚哼唱的曲子，然后往大道上开去。

回到宁哲家，时月把房门反锁，说自己要休息，要宁哲别来打扰。

然后，时月推开窗户，像一只动作灵活的猫，爬上了屋顶。今晚的张井俞情绪不正常，她想偷偷去看看他。

盛夏的夜晚还残留着一丝白天的燥热，空气中飘来浓浓的栀子花香，时月专门挑偏僻的地方走，在屋顶上跳跃、前进，不一会儿就到了张井俞家。

她坐在张井俞家的屋顶上，俯视着这个熟悉又陌生的地方，只不过离开了几个月，却有一种久别重逢的感觉。

张井俞的爸妈去马尔代夫度假了，只留下张井俞一个人在家，他洗完澡，翻开书却半个字都看不进去，于是走到院子里乘凉。

梨花早已经落了，树下的秋千空空荡荡，那个地方是时月的“专座”，现在已经空置很久了，黄淼淼和蓝小翼和谐相处的一幕出现在眼前，让他心里止不住烦躁。

原来，这就是吃醋的感觉？

他却少了一个吃醋的身份。以前的时月，常常就是这种感觉，所以才会做出那么多匪夷所思的事？

“你也是这样吗？”张井俞想着想着，不知不觉地开口。

他失笑，时月在宁哲家，怎么可能听到他说的话。然而就在他抬头的一瞬间，他以为自己在做梦——时月坐在屋顶上，双手托腮，用他熟悉的目光凝视着他，对他笑。

“时月？”她怎么会在这里？

然后，他看到时月的动作，像是电影里的慢镜头，她站起来，张开双臂，轻轻地跃下，像是一只乘风的蝴蝶，平稳地落到了地上。

“嗯？叫我？”时月绕着他走了一圈，点点头，又摇摇头，喃喃道，“瘦了，憔悴了，头发长了，帅气没减，还好还好。”

张井俞好笑地看着她：“你要从我身上找出一朵花吗？”

时月摊开手，手心俨然是一朵梨花：“呶，一朵花而已，我还用得着找？”

张井俞从未见过这样的女子。她明明对他表白过，可是她却没半点不好意思。她明明知道自己喜欢别人，却还是一如既往地出现在他眼前，守在他身边。

03

张井俞淡淡一笑，不予置否。

“张井俞，你看啊，黄淼淼身边有人了，要不你放弃她，勉为其难接受我吧？”时月好心地跟他分析，掰着手指头推销自己，“我比她头发长，比她皮肤白，比她……总之很多啦，要说起缺点呢，最多比她脾气坏一点，吃得多一点，厉害一点点，差不多。”

“时月，既然这样，那你能不能换一个人呢？”张井俞轻轻地瞟了她一眼，笑着说，“如果感情真像你说的那般容易，你能否放弃我，勉为其难去接受别人呢，你……做得到吗？”

“我……”做不到，时月无言以对，倘若要她放弃张井俞，去接受宁哲或者别的男生，她根本做不到。

“真正的爱情是专一的，爱情的领域非常狭小，它只能容下两个人生存。”张井俞的眼中闪烁着一道奇异的光芒，那种眼神时月以前在陈琛的眸子里看过，如今在和陈琛十分相似的张井俞眼中看见，却不是因为自己，而是因为黄淼淼。

他低声说：“如果我的感情除了淼淼还能同时喜欢上几个人，那便不能称之为唯一，它只是感情上的游戏，这种心情不需要解释，却又可以解释一切，虽然对她的情感只是众多情感中的一类，但它远比其他来得深刻，来得无奈，不可替代。”

张井俞放不下黄淼淼，看到张井俞提起淼淼时坚定的眼神，大大咧咧的时月第一次觉得难受，她第一次觉得，自己这样一厢情愿的坚持毫无意义。

04

是的，每个人都只有一份独一无二的爱，唯一的，绝世仅有的。

她做了这么多，为什么得不到一点回报？会不会从一开始就错了，张井俞的心根本不属于她，就算她把它掏出来，拿在手心，那里面装的也不是她。

“既然这样……我帮你？”时月露出了理解的笑容，蓝小翼的出现，对张井俞造成了威胁，蓝小翼喜欢黄淼淼，不是瞎子都能看出来，而黄淼淼对蓝小翼很友善，两个人说不定能走到一起。

正因为张井俞也明白这一点，他才如临大敌，变得忧郁无常，时月承认，自己曾经太过自私，但是她不愿意看到这样的张井俞。

时月深呼吸，拍拍张井俞的肩膀：“我帮你赶走蓝小翼。”

“为什么突然这样？你又有什么条件？”张井俞很纳闷时月突发善心。从宣城回来后，他熬夜重新给时月画了一幅一模一样的画，才平息了时月的“烧画之仇”。

时月不会无缘无故帮他，这其中一定有什么阴谋，只是他们之间不存在什么恩怨了吧。

“不为什么，我高兴。”时月摩挲着手腕上的“灵隐镯”，突然心

生一计，她神秘兮兮地凑近他，“你想不想去看看蓝小翼在黄淼淼家干什么？”

“嗯？什么意思？你——”张井俞猛地被时月拉住手，身体腾空而起，落到了屋顶上，他睁大眼睛看着下面的院子，“我我……我怎么上来了？啊，时月——”

“哈哈哈……”时月手搭在张井俞肩上，带着他乘风飞行，上次他不是问她会不会飞？这次她就飞给他看，只是消耗下身体，回去补补觉就好了。

“灵隐镯”融入了时月的千年精魄，它本是陈琛送她的一只普通手镯，时月锤炼它，把它变成了灵物。时月靠入画休养，这镯子却是她的本源，生命的灵石。

时月拉着张井俞来到了黄淼淼家，落到了她们家的院子里，上次用纸鹤引路，这次时月轻车熟路。避免被发现，她拉着张井俞躲到了一棵大树后面。

张井俞惊魂未定，刚刚一切就像做梦，他看着时月：“你能不能带我飞之前，和我商量一下？”

时月嘴中念念有词，脱下那只镯子，命令道：“灵隐！分身术！”镯子慢慢地变大，发出一道白光，移动到他们头顶上，光熄灭了，张井俞发现自己手腕上带了一只镯子，同时，时月的手上也戴了一只。

“这个有什么用？”张井俞看着镯子，明显感觉身体轻了许多。

时月指着眼前的大树："你撞撞它就知道了。"说着，时月往前迈了一步，神奇的一幕发生了， 她的身体周围出现了一层淡淡的白雾，竟然毫发无伤地穿过了树！

他记得，上次时月隐身了，他还能触碰得到实体，张井俞试探性地伸出手，手完全感受不到树木的存在，他也能成功地穿过那棵大树。

这一切根本不能用科学来解释，时月见他大惊小怪，大摇大摆地往黄淼淼家走去："别忘了我可是妖。"

一只死要面子的妖。

时月身体酥酥麻麻的，那棵大树内好像有蚂蚁，她最讨厌这种生物了，哪怕感受不到，看到它们，也能想象得出它们刚刚从身体上爬过的感觉。

"恶心恶心……"太恶心了，时月搓搓手臂，赶紧走，再也不卖弄法力了。

张井俞跟在她后面，见她走了一步又突然停下，不知道在干什么。

黄淼淼家灯火辉煌，黄淼淼、蓝小翼坐在沙发上看电视，蓝小翼给她剥葡萄，黄淼淼心满意足地吃着。

"阿翼，陈伯伯他们好吗？"黄淼淼突然问。

"好得不得了，我妈在学拉丁舞，我爸喜欢钓鱼，公司的事也不用他们管。"蓝小翼拿着一粒葡萄去逗黄淼淼家的肥猫，肥猫"喵"了一声，从他脚边跑开了。

时月拉着张井俞，穿过黄淼淼家的大门，她随意地坐在客厅的椅子上。张井俞从来没有这样偷偷摸摸进来过别人家，他站在客厅门口，十分不自在。

蓝小翼不是姓蓝吗？为什么黄淼淼会说陈伯伯？难道他是个孤儿，被陈家收养了？时月坏坏地想，果然上天有眼，肯定是蓝小翼的亲生父母看蓝小翼不顺眼，把他丢掉了。

“淼淼。”蓝小翼忽然深情款款地看着她。

“啊？”黄淼淼把嘴里的葡萄籽吐掉，擦了擦手，奇怪地看着他。

“那个什么金鱼，你不会喜欢他吧？凭我一个男人的直觉，他对你有意思。”蓝小翼晃了晃脑袋，心想不可能是自己太多疑。

“金鱼？你是说井俞吧？”黄淼淼回过神来，为了让他安心，她微笑着摇了摇头，“我不知道。”

“那你喜欢他吗？”蓝小翼连忙问。

其他两个“透明人”，也竖起了耳朵，这个答案张井俞也想知道，以前他和黄淼淼，关系亲密得就像一对没有公开的情侣，后来发生了太多事，黄淼淼忽然对他忽远忽近，直到现在，他也猜不明白她到底对自己是什么心思了。

黄淼淼显得很疲惫：“阿翼，我不知道，真的，我脑子好乱。”

蓝小翼叹了一口气，顺势起身，轻声对她说：“那就别想了，只要你记得我们定过‘娃娃亲’就行了，小时候我说要娶你，长大了，这句话依然算数。”

说完，他绅士地牵起黄淼淼的手，在她手背落下一记轻吻：“晚安，我的公主。”

“晚……晚安。”黄淼淼有点不习惯他这么亲昵，摆摆手。

黄淼淼关了电视，也准备关灯去睡觉，时月手指指外面，张井俞点点头，两个人一起走了出去。

时月带着他跳到围墙上，离开了黄淼淼家。

“也不用那么垂头丧气啦，依我看，黄淼淼就算不选你，那个男的也没戏。”时月见张井俞一言不发，安慰他。

“我会向她证明我的心。”张井俞望着夜空，坚定地说。

时月笑道：“有骨气，不错。”

他们在路口分道扬镳，时月拦了一辆出租车回到宁哲家，把熟睡中的宁哲叫起来，要他付了钱。

晚上，时月从抽屉里拿出她的小本子，核对着上面的数字，唉声叹气：“天啊，我欠了讨厌鬼这么多钱，打两年工才还得完……”

月亮挂在天空，月光漫过纱窗，在地上投落下一片银白，时月书桌前的小台灯，散发出柔和的橘色灯光，她在写要计划做的事情。

第一件事，赶走蓝小翼，第二件事，多打一份工挣钱。

第二天一早，宁哲坐在餐桌前喝牛奶，时月顶着两只熊猫眼，把一份契约摆在他面前的桌子上。

“什么？情书？月儿，你终于良心发现，要给我写一封情书了？”宁哲眼睛往桌上瞅。

时月抄着双臂：“这是住在你这儿的房租和开销，钱我会分月还你，你看看还有什么不妥的地方，我们再讨论。”

“你熬夜就是写这玩意？”宁哲捏起那几张薄薄的纸，忍不住咋舌，“谁要你的钱了？我的都是你的，随便花。”

“这事儿没商量。”时月扭头就走，上楼补觉去了。

说来也奇怪，住在张井俞家，她只想怎么敲诈他，而住在宁哲家，她只想怎么偿还他，大概欠了宁哲太多的“感情债”，这种事情上，她不愿意再占便宜。

05

时月会跳舞，人长得漂亮，宁哲陪她找了一家剧院，在里面当舞蹈群众演员，收入还不错，时月打了两个月工，赚到的钱全给了宁哲。

“月儿，这是你辛苦赚来的，真舍得给我？”宁哲静静地看着桌上的信封。

时月抱着一个抱枕，正在吃饼干，闻言，她点点头，嗡嗡地说：“舍得啊，反正我租房子，也要花钱，给别人不如给你。”

“啊咧啊咧！”宁哲拿起信封，数着一沓崭新的钞票，装作很惊讶的样子，“太阳打西边出来了吗？我们月儿竟然对我这么好，我是不是耳朵出现幻听了……哎哟！”

时月站起来，掐了他一把，说：“我明天要去黄淼淼的学校，你去不去？”

“你去哪儿我就去哪儿。”宁哲低头说。

时月看了他一眼，翻着白眼：“不是要开学了，你怎么这么闲？”

“噢，我啊，我老爸老妈要我去澳大利亚留学，他们不催，我也不急，先在这里玩着啊。”宁哲笑了，看着时月，挑了挑眉。

斑点狗迈开四只爪子飞奔到时月身边，冲她手里的饼干“汪汪”叫着，时月发现了斑点狗，把最后一块饼干扔进嘴里，恶劣地对它说：“不给！”

宁哲拍着手，招呼道：“乐乐，过来！”

斑点狗从时月的脚边跑过去，时月推开门，走去院子里。

蓝小翼……

时月站在草地上，凝视着天空中的火烧云，眼神渐渐变得意味深长起来。

天空犹如大海一样碧蓝，新学期如期而至，宁哲开着跑车，送时月来到了黄淼淼的学校。

校园内清凉、静谧，欧式的白色建筑物被绿树掩映，黄莺在树叶间鸣叫，野蔷薇和月季花的清香，飘散在空气中，青春靓丽的学生们拿着

书本，坐在“英语角”读书。在这个闹市中不可多得的幽地，不安分的求知欲比馥郁的花香还要浓烈。

“没想到这里这么漂亮。”宁哲穿着休闲牛仔，取下他的茶色墨镜，打量着身边的景色。

时月站在一级台阶上，探头闻着一朵花，把头缩回时，她微笑：“是不错。”

“月儿，你和黄淼淼约在哪里见面？”宁哲重新把墨镜戴上，太阳太刺眼了。

时月从口袋里拿出一只手机：“唔……她给我发短信了，十分钟后过来，要我们去学校的大风车那儿等她。”

“大风车吗？”宁哲手挡在额头前，四处搜索，突然眼睛一亮，手指向西北方，“是不是那里？”

从他们所在的位置看过去，广场上喷泉水花四溅，有一些学生在玩轮滑，广场中央有一个蓝色的大风车，风车慢悠悠地转动。

“嗯。”时月不怀疑他的推测。

他们走到广场，找了一把长椅坐下来，看着那几个学生玩轮滑，任由温暖的阳光洒在身上，无比惬意。

没多久，时月闻到一阵刺鼻的香水味，她忍住胸口的不适，回头看见了蓝小翼。他戴着一副黑框眼镜，两弯月儿般的眉毛被精心修饰过，薄薄的嘴唇扯出一丝笑，朝时月抛了一个媚眼。

时月皱着眉头，注意到他手腕上戴着一个火红的镯子，因为蓝小翼今日穿的是中袖衬衫，手镯分外惹眼。

那个手镯叫“血玉”，她太熟悉了。

蓝小翼今日是红色系搭配打扮，耳朵上也换了一枚红色的钻石耳钉，在阳光下闪闪发光，蓝小翼笑着说：“嗨，淼淼要等会儿才过来哦，她叫我先跟你们说一声。”

宁哲瞪他：“你来干什么？”

“咦，你不知道吗？”蓝小翼大吃一惊，“我是这里的学生，可受欢迎了！才刚刚入学，就有许多大牌公司想签下我给他们当设计师。现在淼淼也学了服装设计，我们现在是同学！我是特意为了淼淼来这破学校，人气特别特别高！”

“什么……”听到这个回答，宁哲无语了。

蓝小翼说话手舞足蹈，时月默默地盯着他的手镯，一把捏住他的手，质问道：“手镯你哪来的？”

“妈呀！男女授受不亲，你抓我手，我要告你骚扰！”蓝小翼忙着挣脱，担心黄淼淼看到误会，惊呼道。

宁哲也疑惑不解地看着时月。

时月不管他的挣脱，眨动着长长的睫毛望着大呼小叫的蓝小翼，直视着他，冷冷地问：“手、镯、哪、来、的？”

就连宁哲都听出了她语气中压抑的怒气，蓝小翼感到一阵寒意爬上他的后背，不由纳闷这个奇怪的女生……太善变了。

“我爷爷给我的，听说是从我爷爷的太爷爷，太爷爷的太太爷爷，很多代传下来的。”

蓝小翼被她捏得死死的，然后手腕一痛，手镯已经被时月取了下来。时月将手镯摸到手里便有一种温润熟悉感，令人悲伤得想落泪，没错，是它，这只“血玉”是时月送给陈琛的，里面有她的一滴血，是千年前她划破手指，以灵力灌入其中，希望护他一世周全的。

“这位大力士姑娘，你不会想打劫吧？不经过我的同意就拿我的镯子，这样真的好吗？”蓝小翼见时月失神，紧张地问她。

过了好一会儿时月才回过神来，回头怒视着蓝小翼：“陈琛是你什么人？”

“陈琛？”蓝小翼见她肯理自己，以为她要把手镯还给他，心里正开心呢，笑眯眯地回答，“是你的偶像吗？我不认识，或许认识也不记得了。”

时月见他没个正经，当下把手镯收进口袋，微笑着说：“好啊，你什么时候记起来，我什么时候还你手镯。”

“……”蓝小翼见她不像开玩笑，换了一种十分认真的表情分析，“我们家有一本族谱，这个名字我在上面见过，大概是我某位逝去的亲人吧。”

“你为什么姓蓝？”时月似乎在犹豫什么，眼前却出现了一张身份证，上面写着“陈小翼”三个字。

“呐，你知道像我这样受欢迎的设计师，一般都有艺名的嘛，陈小翼不好听，所以我改成了蓝小翼。”蓝小翼把身份证放回钱包，“我爸妈不允许我忘本，所以身份证上是本名咯。”

陈琛，陈小翼……

原来，蓝小翼是陈琛家族的后人，血液里流淌着陈家的血，她无论如何也不能动他。

“手镯我借用几天，到时候还你。”时月仰起头，笑着说。

也许是知道了他的身份，时月对蓝小翼露出一个温柔的笑容。

陈琛的亲人……

她使劲把心底的酸涩逼了回去，第一次捕捉到与他这么相近的气息，她像是下了什么决定，手紧紧地握拳。

张井俞，对不起，我又要失约了。

06

“你这个人……”蓝小翼想不到时月会变卦，吸了吸鼻子，打了一个喷嚏。

开学典礼后，黄淼淼被留在学术报告厅收拾现场，她忙完老师分派的工作，急匆匆地跑来，便见到蓝小翼满脸写着“不开心”。

“小月。”黄淼淼抚平凌乱的刘海，看了一眼蓝小翼，嘴角向上扬

起了一个弧度，“谁欺负我们的大设计师了？”

“没有！谁能欺负我蓝小翼！淼淼你一定看错了。”蓝小翼立刻笑着说，在心里叹息：碰到时月这个小巫女，真是倒霉透了……

“小月，你今天说来找我，有什么事吗？”黄淼淼逆着光，脸上的表情被打上虚华而温暖的光，像是一朵纯洁的白茶花。

“啊，我想祝贺你考上大学。我刚发了工资，请大家吃大餐。”时月甩了一下一头墨黑如绸缎的黑发，精致小巧的五官，散发出璀璨的光彩，“昨晚就约了张井俞，他已经先去等我们了。”

宁哲很意外地看着她，时月似乎有什么地方开始不一样了……

时月见到宁哲在看自己，对他展颜一笑，仿佛一缕春风吹开了万千花朵，融化了万年冰山。

时月眨了眨无辜的眼睛，一本正经地对宁哲说：“看什么看，交完房租钱，不许我有私房钱呀？”

不管时月伪装得多么人畜无害，但宁哲可不敢忘记，她是一个调皮捣蛋的存在！

想起那一个把他脑袋敲晕的榴梿，他的后脑勺还隐隐作痛！

“没，有免费午餐吃，我很高兴……”宁哲拉长音调，笑了笑。

“好吧，既然你这么大方，我也不客气了，正好肚子饿了。”蓝小翼语气里充满了愤慨，目光瞟向她装手镯的口袋，咬牙切齿，“看我怎么吃穷你……”

“我们快走吧。”时月丢下一句话。

然后，蓝小翼开着他的车，抢在宁哲的跑车前头，两个人各自带着黄淼淼和时月，赶往美食城。

时月请大家吃的是海鲜大餐，席间，蓝小翼和宁哲吃得很开心，张井俞心事重重的样子，没跟黄淼淼说上几句话。

时月安静地吃着一只大龙虾，不再缠着张井俞，独自回忆起和陈琛的恋爱故事，陈琛对她就像张井俞对淼淼，张井俞和淼淼彼此互生好感，她终于决定不从中破坏，奈何现在半路杀出一个蓝小翼，也许是造化弄人。

晚餐后回到宁家的时月第一时间洗了澡，端着一杯橙汁，在院子里瞎晃悠，宁哲站在高一级的台阶上看着她。

他眨动着睫毛居高临下地望着时月，眼睛像是在发光，心脏一片柔软，连带着唇边流露出了温柔的笑。

宁哲的目光移向玻璃花房，那些花无人打理，很久前就枯萎了，可是现在却生机勃勃地生长着，时月拿着一只喷水壶，哼着不知名的曲子，乐滋滋地给它们浇水。

这个少女，并不像表面上看起来那么普通。

——我不是人。

他想起上次时月炸裂开漫天花雨，笑嘻嘻地跟他说，不是人？难道是妖？专门勾他魂魄，让他魂牵梦萦的妖？

想到这里，宁哲笑起来，时月听到他的笑声奇怪地看向他，他朝时月飞去一个媚眼，随即走下台阶，进到玻璃花房，和她并肩站在一起。

“月儿，我记得这些花已经死了。”宁哲斜靠在花架上，低头看着脚边绽放的玫瑰，意味深长地说。

“噢，我救活的。”时月抬起头，她一直在琢磨要不要把实话告诉他。宁哲是一块狗皮膏药，天天黏着她，要是知道自己的身份，说不定被吓跑了。

“月儿，你能起死回生？”宁哲走到她眼前，拿掉她手中的水壶，微微倾身看着她。

“嗯呐。”时月笑眯眯地说。

“那……”你是什么人？宁哲不知道该怎么问了。

“宁哲，我告诉你一件很严肃的事情，我不是人，我是妖，一只梨花妖。”风吹动她鬓边的秀发，却扰乱了宁哲的思绪。

他本以为时月图一时好玩，会说谎话哄哄他，却没想到她直接道出了事实。

“你……”宁哲有点不安，他不知道该怎么办。认识时月以来，她一直在欺负他，但和她在一起的时候，他总是感到很快乐。

这么些年父母不在身边，宁哲没人管，他天天在学校打架闹事，每天无聊地活着，像在完成作业一样上学、放学，虽然顽劣，但又无比渴望温暖，当他遇见时月后，总算明白了生命的追求是什么。

“宁哲，我说的是真的！”时月似乎知道他在想什么，眼里满满的都是诚意，“你看到那边了吗？现在入秋了，照理说不会开花吧？”

宁哲顺着她手指的方向看过去，时月摊开手心，淡淡的荧光从她的掌心散发出来，她手轻轻一挥，荧光像是一条流动的光带，落在那一片花草上，本来毫无生机的枯枝，突然盛开出一朵朵殷红的花朵。

她是妖，他爱上了一只妖……

“我不怕的，月儿！”宁哲的反应出人意料，他双手撑在时月的肩膀上，目光灼灼地看着她，那里面的真情似要把时月的心融化，“我喜欢你，很喜欢很喜欢，给我一个机会，我们试一试，好不好？”

爱情，在不经意间牵动着他柔弱的心，哪怕是她娇嗔发怒的一句话也能激起他心中的涟漪，从美丽的邂逅到痴心的单恋，从一见钟情的浪漫到想与她生死相许的决心，他只想让她知道，他爱她到老。

时月望着他，脑子一时迷迷糊糊的，心里却清醒得不行，她不自觉地摇了摇头：“不好。”

“月儿，没关系的，我可以等！”他放开她，笑着看着她，心脏却一寸一寸地裂开了缝隙，疼痛像藤蔓，从缝隙间迅速爬出来，瞬间蔓延至全身。

时月回顾起自己对宁哲的态度，以前自己太任性了，其实宁哲和她的立场其实是一样的。

爱而不得，爱而无望，她一直在伤害他。

时月思考了一会儿，定定地看着他的眼睛："宁哲，不要等我，等待的滋味……很苦。"然后，她从他身边走过，回了房间。

孤独不是与生俱来的，是由一个人爱上另一个人的那一刻开始。

悄然无声的夜是静的，月亮在高空慢慢移动着，发出玉石般的光芒，柔和而又清幽。皎洁的月光洒向大地，一切仿佛披上了银纱，一阵微风吹过，树叶发出轻微的沙沙声，伴随着月光颤动着，闪闪烁烁。

宁哲仰着头，久久地望着天空中的那一轮弯月。

他掏出所有的好，把自尊丢到墙角，还是一场空。他也不想给她带来顾虑，可他自己也无可奈何，喜欢一个人有错吗？

从一开始，他的选择就是爱她或更爱她，而她的选择是厌恶他、拒绝他。

月儿，我不敢奢求太多，只想把相遇当成永远，把现在都变成回忆，一点一滴，沉淀成让我活下去的生命源泉。哪怕你不会给我一次回眸，我也会始终爱你，护你，等你，无怨无悔。

第八章

画月梦·独舞

01

隆冬的凌晨，地面上铺着一层薄薄的银白色霜花，四周一股股寒气直往骨头缝里钻。雪花轻盈、舒缓，悄悄地从遥远的天际飘落，片片光洁如絮的雪花落在光秃秃的树枝上，落在袒露着胸膛的大地上。

时月裹着她的灰色小毯子，望着窗外灰蒙蒙的天空，天地完全融合在一起，心情似乎也灰暗起来。

老天，又要去上课了！

“月儿，你这样懒洋洋的，完全不像个老师嘛。”宁哲端着一杯咖啡，走下楼梯，笑着说。

“呐，我是代课老师，不是很重要。”时月想到什么，她起身披上厚厚的大衣，拿起手套、围巾往外面走去。

近半年，时月在张井俞所在的大学，应聘上了舞蹈老师，虽然处在实习期，但是她的舞蹈技艺精湛，人缘又很好，离转正也不远了。

见时月出门，宁哲放下杯子，匆匆换好衣服，把车开了出来，他下车打开车门，朝她深深地鞠了一躬：“这位美丽的小姐，请问我有幸送您去吗？”

“当然啦！”时月被他滑稽的动作逗笑，打开车门，坐到副驾驶座位上。

“阿嚏——”宁哲开着车，打了个喷嚏，忍不住抱怨，“见鬼！今年冬天太冷了！鼻子都要冻掉了！”

时月瞥了他一眼：“你要风度不要温度，穿太少了。”说着，她脱掉手套，手忽然伸过来，握住他的手腕，宁哲心里一惊，就感觉一阵热源从时月的手心传入他的体内，他瞬间觉得不冷了。

宁哲专心致志地看着她，他的月儿，竟然也会关心他了。

“抵一年的房租了。”时月收回手，顺手把音乐打开，捂了捂脖子上的围巾，她现在越来越怕冷了，张井俞从宣城回来后重新给她画的画，好像没以前那幅好用，对她的身体起不到调养效果。

今天是圣诞节，学校有一个晚会，时月是排舞老师，也是领队的舞者，必须赶去学校。这一支舞很久以前她给陈琛跳过，是陈琛最爱的一支舞，不过前尘往事都如一场梦，说起来令人心伤。

“月儿，听说晚上有你的节目？”宁哲扭头问。

“嗯，叫‘伊人舞’，是我自创的一支舞。”时月闭着眼睛，闷闷地回答。

“我给你捧场。”宁哲有点期待。

“好呀。”时月笑了笑。

她本是画中月，曾有人见她跳过一支舞，为她画了一幅《伊人

舞》，她为此编了一支同名的舞——因爱而起，为伊而舞。

这是一支献给恋人的舞蹈，也是她送给张井俞的圣诞礼物。

学校内张灯结彩，举办晚会的体育馆门口，站着一位神气十足的圣诞老人，头戴红帽子，身穿一件红马甲，手套和鞋也是红色的，胖乎乎的脸上笑容可掬，时月走进门，嫩声嫩气地和圣诞老人握手：“老爷爷，节日快乐哟！”

宁哲手抄在口袋，笑着看她玩闹，口袋里装着他精心准备的圣诞礼物，他想等到晚会散场后，送给时月。

“我要进去排练啦，你在外面等我。”时月回头冲宁哲说。

宁哲看了看手表，点点头：“我去旁边的书店等你，五点我再过来找你。”

两人在门口分道扬镳，时月走进去，立刻有不少学生上前和她打招呼，时月看起来和他们年龄相仿，所以沟通起来没有代沟。

“时月老师，你来了！”

“老师今天穿得好漂亮！”

“待会儿我们一定会好好表演，请老师放心！”

“乖啦！乖啦！”时月冲她们抛着飞吻，感觉心花怒放，谁能想到顽劣调皮的时月，还有为人师表的一天？

时月去化妆间，换了一身黑色的舞蹈服，她的身材特别好，紧身的黑色衣服穿在身上，显出她玲珑有致的曲线，没有一丝赘肉。

时月把长发束起，绾成一个发髻，插上一支木簪，画了一个淡淡的妆，整个人气质非凡，多了一丝成熟的味道。她走出去，便看到抱着一堆彩带气球，把外套搭在手臂上的张井俞。

张井俞蓄着的短发长长了，服装简洁略带华美，浅蓝色的衬衫领口微微敞开，衬衫袖口卷到手臂中间，露出小麦色的皮肤，眼睛深邃有神，鼻梁高挺，嘴唇微抿，有几分说不出的性感。

他看起来冷傲孤清却又盛气逼人，此刻因为抱着一些彩带气球，显得有些可爱。

“嗨，好久不见。”时月主动跟他打招呼，虽然和他在一个学校里，但是他们很少见面，细细一算，竟也有几个月了。

张井俞看时月穿得单薄，放下气球，把外套披在她身上：“时月，离晚开场还有时间，好久不见，介意谈谈吗？”

“荣幸之至。”时月仰起头，冲他露出一个明媚的笑容。

他们去了体育馆三楼的咖啡厅。

窗外，雪花给冬青树穿上了一件洁白的绒衣，到处都是白雪皑皑，醒目的白。时月伸出手指，在玻璃上抹着氤氲的水汽。

服务员端上来两杯咖啡，时月回神，轻声说了句“谢谢”。

张井俞搅动着杯子里的咖啡，抬头看她：“你过得怎么样？”

“挺好的，一直住在宁哲家，租金便宜，佣人齐全，我过得像个公主。”时月拿起勺子，加了三勺糖，问他，“你加不加糖？”

张井俞摇头。

很难相信，他们之间有心平气和坐下来聊天的这一天。

“唔……”时月吹了一下咖啡，轻轻地瞟了他一眼，笑着问，“你呢，你和黄淼淼怎么样？”

张井俞和黄淼淼的联系比以前少了很多，进入大学后，他们彼此的生活圈子扩大，每个人的经历也不尽相同，冥冥之中疏远了很多。

至于蓝小翼，他的父母生病了，蓝小翼急匆匆地飞去了国外，张井俞以为自己的机会来了，约黄淼淼吃饭，但是她都推脱了。

“……不怎么样。”张井俞一脸失落地答。

时月和黄淼淼见面次数比较多，相比之下，这两个人完全是一样的状态，明明彼此有意，却选择互相折磨。

“你……依然喜欢她吗？”时月眨了眨睫毛浓密的大眼睛，笑着说，“张井俞，即使黄淼淼以后变得很丑、疾病缠身，你也会一直喜欢她吗？”

张井俞的声音很坚定：“是，我依然喜欢她，我无法预知未来，但倘若上天让我和淼淼在一起了，我会帮助她克服未来所遇到的每一个困难，不离不弃。”

“嗯……”时月用勺子敲了下杯壁，站起来拍了拍他的肩膀，“你们会在一起的。”

既然不能动蓝小翼，她便想办法促成张井俞和黄淼淼。

“晚会是你负责布置会场，你会来看吧？”时月不放心地问。

“我会来。”张井俞看着一直安安静静的时月，轻声说，“时月，你好像变了很多。”

这倒是实话，时月经历一些事，想明白了一些道理，她是真的想通了许多。

“人都是会变的，妖也是啊。”时月打断张井俞的沉思，看看手机，起身告辞，“哎呀，我要去排练了！”

“你先去吧，哎，我的——”他看着时月披着他的外套，一路小跑，去了舞蹈排练室。

算了，让她穿着吧。

张井俞微笑着起身，付了账，径直地往会场走去。

02

七点，体育馆内就开始吵个不停，观众已经陆陆续续进场了，热场的背景音乐在室内响起，黄淼淼听说他们今晚有圣诞晚会，非常给面子地来了。

时月闭着眼睛深呼吸，她已经换好了演出服，偷偷地打量台下的观众，她设计的舞蹈中国风意味很浓，大家都穿上了定做的古装舞裙。

“小月，你今天好美！”挎着一个大包包的黄淼淼钻进后台化妆室，欣喜地抱着她说，“我才知道，你穿古装这么漂亮。”

“讨厌，人家本来就漂亮啦。”时月伸出涂着指甲油的手，抵住她的嘴唇。

宁哲捧着一束花来后台找时月，众人中，一眼就看到了一双清澈明

亮的瞳孔，她薄薄的双唇如玫瑰花瓣娇嫩，正在喋喋不休地说话。

时月今日的服饰打扮华美，红唇纤手，红裙如嫁衣，美得像一束招摇的火焰，宁哲找到她后，把鲜花从她的肩头伸过去：“月儿小姐，预祝你今晚演出成功！”

“谢谢啦！”时月嗅着花，捧在怀中，又跟黄淼淼说了一会儿话，被化妆师催促着去准备了，她不舍地朝他们挥手，“晚会后再见，一定要等我啊！”

晚会中，时月编排的那一支舞，充分演绎出了古典舞的韵味，精彩绝伦，台下掌声一片，时月手执一枝红梅，在仿真的雪花飘舞中，缠上一根丝带，身体轻盈地在空中翻转、跳跃，动作优美又惊险，让人为她捏了一把汗。

一舞完毕，她光脚落地，带领其他演员鞠躬谢幕，又赢得了一阵雷鸣般的掌声。

“小月，我以你为傲！”黄淼淼最先一个冲到后台，刚才时月的舞蹈惊艳了众人，她也不例外。

宁哲帮时月挡住不少人送的花，将他们堵在门外，不让他们进去。

张井俞站在门边，眼眸如水，静静地看着黄淼淼抱着时月，跳来跳去，过了好一会儿，黄淼淼才发现张井俞在看她们，变得矜持了许多，站在一旁。

时月看到他们均是有话要说的样子，当下决定不当电灯泡了，准备闪人。

“淼淼，我口渴，先去买水了！”时月眨眨眼，拉住宁哲，从后台的通道走了。

时月走后，张井俞慢慢地走过来，轻声喊道：“淼淼。”

他们默契地走到一间安静的茶水间，黄淼淼有点局促不安，张井俞拿起两个一次性水杯，接了一杯水递给她。

“井俞，那个……”黄淼淼眉间在不停地跳，自从和时月和好后，她便疏远了张井俞，蓝小翼在身边时，她还有底气让蓝小翼挡着，现在蓝小翼回国外去照顾他爸妈了，黄淼淼不知道如何面对他。

“淼淼，不要再拒绝我了。”张井俞看着有点陌生的黄淼淼，心突然跳很快，他现在如履薄冰，唯恐又说错什么话，做错什么事，“如果我给你造成了困扰，你跟我说，我会保持距离的，只是……淼淼，我需要一个理由，你为什么要对我这样？我做错了什么？”

“井俞，你不要再说了，总之，我希望你不要打扰我，行吗？”黄淼淼心里也很矛盾，一方面她知道时月想成全自己，但是另一方面，她心里觉得愧疚不安。

友情和爱情，注定难以两全，去宣城那一次，她跟时月说的那番话是心里话，她在试着忘记张井俞，可是这个人在她心底生了根，长成了参天大树。

她忘不掉，只能逃离。

在大学里，黄淼淼的人气依旧很高，追她的男生也不少，但黄淼淼对他们一个都没感觉，她遇到过玉石，其他的再怎么优秀，都只算得上

一些不入眼的顽石。

雪花在外面悄然飘落，黄淼淼对张井俞的态度不冷不热，张井俞问了些平常事，两个人便出去了。

圣诞节后，学校都放假了，黄淼淼邀请时月去她家玩。说起黄淼淼的家，时月并不算陌生，但是黄淼淼一直不知道当年捉弄她的人就是时月。

黄淼淼下厨给时月做了一顿晚餐，饭后，两个人开始在房间里有一搭没一搭地聊天。黄淼淼坐在书桌前，正在制作贺卡，时月是有备而来的，她靠着被子，抱着一只泰迪熊，悄悄地把手机放在枕头边，按下录音键。

“淼淼，你真的不考虑下张井俞吗？”时月声音低沉，玩着泰迪熊的耳朵。

“嗯？怎么问起这个？”黄淼淼拿着胶水，奇怪地看了她一眼。

“啊，就是问问，淼淼，如果你是因为我拒绝他，完全没必要啦。”时月半开玩笑地说，“我早就不喜欢他了。”

黄淼淼放下胶水，把椅子转了一个方向，端端正正地坐着，歪着头问：“所以呢？”

“所以……你可以直视你的内心，我只是觉得，你要珍惜身边默默爱你的人，或许，有一天当他真的离开了，你才发现，离不开彼此的，会是你自己。”时月一手撑着脑袋，认真地说，“我想一个人最痛苦的事情，就是你那么爱一个人，却没有勇气让他知道你的感受吧。以前我没打算过放弃，能坚持多久，我真的不知道，经历过无数次的失望后，我放弃了。”

“小月……”黄淼淼喃喃，她看着一脸悲戚的时月，好似看不懂她身上的忧伤，整天嘻嘻哈哈的时月，原来她也有痛苦的时候。

“淼淼，你不是谁都能替代的，无论是友情还是爱情，我不能替代你，同样，谁也不能替代你在张井俞心中的位置。”时月神情有些恍惚，这些话是说给她听，也是说给自己听的，“我曾经听人说，如果有一个人为了你而等待，不管是三年还是三个月，你一定不要那样轻率地选择拒绝，这世间的缘分并不像空气那样廉价，再平凡不过的相遇与相识，亦是前世的修行在今生的回报，没有谁能够轻易而又不求回报地为一个人付出一段寂寞的等待。”

“小月，你也曾等待过，是吗？”黄淼淼低声问。

时月的等待，不是三年，也不是三个月，而是漫长的千年，可是她的缘分尽了，前世的情缘也消殆了，她不想看到张井俞和黄淼淼，变成第二个自己。

时月却是反问道：“淼淼，你知道他在等你？”

“嗯，我知道。”黄淼淼头垂得很低，她怎么会不知道张井俞的心意呢？他们认识这么久，算得上心有灵犀，怎么会不清楚彼此有情？

“所以，你也在等他，对吗？”时月反客为主，说话一针见血，连连逼问道，“淼淼，你是喜欢张井俞的，你是爱他的，对吗？”

“是，我承认，我总是想着他，自从他出现后，我才知道有人爱是那么美好，井俞太好了，好到令我无法坦白说出我的心意。当我听到你对他告白，我退却了，我知道一切都回不去了，所以我决定离开。”黄淼淼双手掩面，情绪很激动，“如果我的人生是拼图，他就是我最重要的那一块。没有他，我的世界注定残缺，可是我不敢请求他永远留在我身边，我不能那么自私，小月，我不能……”

时月翻身起来，在黄淼淼的面前蹲下来，替她擦去眼泪：“喂喂喂，这怎么是自私呢？没关系啦，每个人都有追求幸福的权利，爱情本就是自私的。”

黄淼淼有些惊讶：“……小月，你不会怪我？”

“嗯。”时月说，“我不会。”

不知怎的，听到她这样说，黄淼淼有些紧张。时月为了张井俞，不惜撒谎骗过她，他对她一定很重要，黄淼淼想了一会儿，摇了摇头，说：“我做不到……”

“你一定会做到的。”时月一脸肯定地说。

她亏欠过黄淼淼和张井俞，离开之前，那便一起偿还他们。

时月心中已然有了一个计划，不过，要实现她的计划，黄淼淼还要受点罪。

03

三天后，张井俞听闻黄淼淼误吃食物，忽然得了一种奇怪的疾病，送去医院急救后保住了命，但脸上长满了难看的红疹，所有医生都束手无策。

黄淼淼因为这场病整个人很消极，除了父母，谁都不愿意见。张井俞以为黄淼淼还在讨厌自己，不想去惹她烦心，知道时月神通广大，邀请时月来家里，想让她帮忙。

沈白茶和张兆睿见到时月来做客，拉着她问长问短，张井俞等到傍晚，才和她说上话。

张井俞看着坐在秋千上，一下一下晃着腿的时月，心里急得不行，他已经说明了想法，希望时月能帮帮黄淼淼。

“时月，你有没有在听？”张井俞站在她身边，低声下气地问。

时月一手嗑瓜子，一手接垃圾，点点头：“听着呢。”

“那你……”张井俞第一次这么束手无策，又不敢惹怒她。

“哎，张井俞，我房间里的画，是不是你拿走了？”她突然问。

时月说的那幅是他从她的房间发现后，一起烧掉的画，这下又有把柄捏在她手里，就在他思考该怎么回答时，时月对他伸出三个手指：“这样吧，你应允我三个条件，我答应救她。”

“我答应你。”只要能让黄淼淼好起来，他什么都愿意做。

“就不能想一下再答应吗？人家怪伤心的。”时月站起身，把瓜子壳丢进垃圾桶，背着手，绕着他走了一圈，“嗯……第一个条件，赔我一幅更漂亮的画。”

“没问题。”

“第二个条件，去医院照顾黄淼淼三个月。”

“啊？”张井俞有点愣神。

“啊什么啊，不乐意呀？”

“没……没，我答应。”

“至于第三个条件……”

时月心中自嘲地笑笑，暗笑自己还是有点期望，只能说喜欢上一个人，完全没有办法，一切都不能被自己掌控主宰，她从一开始就处于被动的位置上，战争还未开始，她就已经输了。

院子里积雪未消，时月站得太久了，穿得并不单薄，她却开始觉得冷了，她微微吸了口气，盯着张井俞的眼睛，眼眸澄澈，毫不回避地道：“说第三个条件前，我先问一个问题？”

张井俞也抬眼看她，示意她继续，清润漆黑的眼眸里看不清情绪。

时月只听见自己的声音，缓缓出口：“张井俞，你可曾喜欢过我？哪怕只有一点点。”

这一刻没有顾忌和猜疑，放弃了所有的骄傲和羞赧，这一刻自己如此坦诚，落落大方，不卑不亢地直面自己的心底。

她执着这么久，一直想要一个简单的答案。

他……到底有没有一丝丝喜欢过自己呢？

时月垂眸，心中百转柔肠——路过我世界的人那么多，我却偏偏爱上了你，你可喜欢过我？从头到尾，自己真正想问出口的，不过是这句话罢了。

很久很久听不到回答，只有树叶簌簌作响，映衬着这格外寂静而清冷的傍晚，有炊烟缓缓升起，有叫小孩吃饭的声音远远传来，有旋律缥缈的歌声……

时月听到了很多声音，唯独没听到张井俞的回答，她想知道答案的心也渐渐安静了。

张井俞觉得心中好像有什么像羽毛那般轻，又有什么似泰山那样重，他知道自己需要绝对的理智和冷静。

空气中是长长的沉默。

沉默到那个问题仿佛不曾出现过，他才听见自己的声音，低沉地像剥去了丝，缓缓地道："没有。"

时月一直在心里默默地找着理由，纵然心中早就做好了准备，但是听到回答时，心里还是突然难受了一下。

就好像心脏里被撒了一把图钉，刺痛了几下。

时月笑了笑，很轻松也很释然，她闭上眼睛又睁开，眼睛里面都是清明色，她十分洒脱地，如释重负地说："哦，我知道了。"

纵然有点难过，但是她还是得谢谢他，帮助她斩断了一丝期望的念头，感谢他曾在她糟糕的日子里，那些弥足珍贵的相伴，感谢命运……让她遇见他。

时月顿了顿，微微一笑，笑容虽然有点勉强，却又十分洒脱，她扬头对他道："至于第三个条件……"

张井俞也顿了一下，才开口："你说。"心底渐渐有一丝茫然，恍

惚半刻，才发现面前的人异常安静。

“哎……”时月长长地吐出一口气，声音很轻，说时却是带了笑意，她眨眨眼，骄傲地说道，“我喜欢上你，是我愿意，和你没关系，喜欢你是我自己的事，离开你也是我自己的事，张井俞，你记住，我不是被你拒绝了，是我先不要你的。”

从不肯失去面子。

她喜欢上他，不是因为他赐予了她什么，为了她付出多少。喜欢他，或许一开始是他与陈琛相似的面容，后来是因为什么，她也迷茫了，或许只是因为他是他，一切就只是这么简单。

时月望着他，她的星眸闪闪发光，那是一种骄傲而倔强的力量。她的真情，诚挚直白，她的放手，洒脱大气。

有时候放弃，不因为其他，是因为倔强，是因为骄傲。

张井俞没有说话，看着她仿佛燃烧着烈焰的双眸，只感觉到心脏被什么猛烈地撞击了一下，他的眼神里有太多复杂的情感在翻动，惊奇，诧异，不解，疑惑，最后通通交融成了一团不见底的黑，黑得像一口深潭，永不见底。

时月心中如一块重石落地，她勾起嘴角，向前走了一步，眉眼一笑道：“真是不甘心啊……”

“就当作……第三个条件吧。”时月微笑。

张井俞还来不及反应，嘴唇上便是一片鲜明的触感，一冷一热，两片柔软的唇瓣轻轻地贴在了一起， 柔软的唇瓣轻轻擦过他冰冷的唇边，如蜻蜓点水，只稍一触碰停留，便立即离开了。

张井俞，喜欢你是我一个人的事，离开你也是我一个人的事。

他的心，像冻了几个世纪忽然被热水浇热，手指渐渐握紧又松开，他的眼里写满了不可置信，等他反应过来，眼前的人影已经没了。

刚才的一切，像个不真实的梦。

时月跑出来，弯腰哈哈大笑，笑到眼泪都出来，她深深地吐出一口气，终于卸下了千斤重担。

张井俞，我未必就一定输得丢盔弃甲。至少，我一定是笑着的，忘记你，离开你，让你记住我。

回到宁哲家，时月一夜难眠。

同样难眠的张井俞，久久未睡，他随意捧着一本书坐在台灯下，表面像是在看书，目光却无焦距。

靠窗的地方，半开的窗子，有被夜风吹进来的梨花花瓣，孤零零地飞舞在他的院子里，这个季节怎么会有梨花呢？

淅淅沥沥的雨声下起来，就像一场眼泪，张井俞起身，风大了，他伸出手，掬起一捧雨水，心中不免失落，沉了下去，心情与这夜色一般凉了……

04

张井俞买了一束花和一些水果，开着车，忐忑不安地来到医院，他提前请好了假，一到医院就直奔黄淼淼的病房而去。

医院给黄淼淼的诊断结果是食物中毒引发的并发症，黄淼淼身上不痛不痒，只是天天顶着一张“麻子脸”，她的脸几乎算得上“毁容”了。张井俞一推开门，黄淼淼便拿被子把头蒙住，大呼：“妈，叫他出去！我不要见人！”

黄妈妈理解女儿，抱歉地要张井俞回去，黄淼淼万万没想到，张井俞在医院旁边租了一个小旅馆，每天都来，黄淼淼不愿意见他，他便在病房外等。

张井俞天天跑去帮她买饭，买水果，买鲜花，半个月下来，从不间断，这天下大雨，张井俞刚下楼不久，时月敲门来访，黄淼淼心里不安，穿着病号服走了出去。

她走到走廊外，发现外面突然下起了大雨，时月撑着一把雨伞，把一束花送给她：“淼淼，我刚好像看见张井俞冒雨跑出去了。”

他去干什么？黄淼淼昨天和母亲聊天，说到想吃周记海鲜粥，可是周记离医院太远，打出租车，来回都要一小时，他不会跑去买了吧？

时月饶有兴趣地打量着她，黄淼淼立即说：“他怎么样，都不关我的事。”

“这样啊，也是哦，张井俞自作自受，淋雨感冒了，引发了肺炎什么的，都是自找的。”时月拉她进去，黄淼淼心里不安地回头看。

外面大雨倾盆，灰蒙蒙的水汽弥漫在眼前，楼下的汽车都看不分明。冬天过去后，这座城市总是喜欢下雨，今年的雨水特别多，像她的心情一样潮湿。

回到病房里，时月削着一只苹果，注意到黄淼淼一直扭头看窗外，时月不由得提醒道："关心他就直说呀，干吗这么别扭呢？"

"我没有。"黄淼淼倔强地嘟着嘴，不知道是跟谁在赌气。或许她气张井俞为什么不勇敢一点，说出他的心意，她要他别来看她，他不会闯门而入吗？

女人真是一种复杂的动物。

时月耸耸肩，也不知道她使的这一招"苦肉计"有没有用，那日她与黄淼淼在房间里的对话，时月全部发给了张井俞。

黄淼淼的病也是她的"杰作"，她往黄淼淼的食物里添加了一些能量，人类承受不住这种能量，表面看起来会像食物中毒，引发红疹，但是对黄淼淼的身体没影响。

何况，张井俞还答应了她两个条件，其中一个条件便是照顾黄淼淼三个月。

这都是张井俞死活要守在这里的原因了。

不知道时间过去多久，大门"砰"的一声被打开了，进来了两个护士，护士检查了下黄淼淼的身体，走廊上人们唏嘘的声音也随之传进房间内。

"哎哟哟！可怜了！听说有个年轻人在医院门口被车撞了！"

"我也看见了！好惨咧！"

时月皱眉，她并没有动张井俞，怎么会……

耳边一响，黄淼淼呼吸一窒，风一样跑了出去，她不再挡着自己丑

陋的脸，也不害怕她的样子被人看到，第一时间冲出了病房。

“黄淼淼！”时月放下苹果，跟着她跑了出去。

张井俞，你一定不要出事……

我错了，是我错了，我不该对你这样……

耳边充斥着那两个陌生人讨论的声音，黄淼淼飞快地往楼下跑去，大颗大颗的眼泪滴落到她手臂上，滚烫灼热，她的眼前模糊一片，涌出的眼泪化成了一股水流，冲刷得她心底如明镜明亮。

井俞，我来找你了……

她不在乎过去发生了什么事，也不在乎接受她会伤害到谁，从这一刻起，她只想见到他，拥抱他，告诉他她爱他，她不会再说服自己去放弃，心里被温暖和酸涩塞得满满的，记忆的车轮轱辘转动，不停地提醒着她，失去的东西会变成永远的遗憾，张井俞是她必须握在手中的幸福，他不能有事。

门口没有人，街道没有人，没有他，到处没有，她跌坐到地上，号啕大哭。

“淼淼……”

这个声音……是如此熟悉！

就在她双手掩面，绝望地啜泣时，忽然有一个声音钻进了她的心底，她感觉身体内绽放了一朵温暖的花，她的心跳很快，眼前人由模糊到清晰，那个让她以为发生了意外的人，正站在马路边，提着一份粥，有些不理解地看着她。

顾不上对方皱眉，黄淼淼爬起来，飞快地冲进了雨中，一头撞进了他的怀抱。

他没事！他没事！那个发生意外的人不是他！

太好了，太好了！黄淼淼说不出话来，有什么比失而复得更令人感到庆幸呢？

张井俞紧紧地抱着她，黄淼淼抬起头，颤抖着声音说："井俞，其实我一直想说……和你在一起的日子，是我人生中最快乐的时光，我喜欢你，我怕失去你，未来的时间我要我们在一起，之前对你那么冷漠，我错了，对不起，对不起……"

张井俞的心脏急速地跳动，他看着眼前这个女孩，她说出了她的心意，他痴痴地看着她，突然开心地笑起来。

"淼淼！我也爱你。"

雨一直在下，他们的心终于相融到了一起，张井俞捧住她的脸，虔诚地吻上她的睫毛、眼睛、鼻子，火热的吻，一直蔓延到她的粉唇。

台阶上，时月看着在雨中拥吻的两人，脸上露出了会心的微笑。

没人看到她轻轻地抬起手，手指向黄淼淼，一根轻若游丝的红雾从黄淼淼的身体内飘出，然后飞向时月的眉心。

雾气入眉，时月的喉头涌上一口腥甜的血腥味，她却生生地把它咽了下去。

时月利用三分灵力，令黄淼淼长满红疹而不受到伤害，同时她要耗费同等的心力护住黄淼淼的心脉。

损人一分，自损三分，时月必须承受双倍的反弹伤害作用，这就是她付出的代价。

时月背对着那两人，一步一步地离开，漫不经心地笑道：“张井俞，和你做交易真是亏本。”

时月走过的地方，凋落了一朵黑色的梨花，梨花被雨打湿，被风卷进了一旁的污水里……

宁哲坐在沙发上，端着一杯红酒，交叠着双腿，一派绅士惬意的模样，忽然有人急切地敲门，他开门，便见到一个陌生的出租车司机，急切地说：“您好，车里的客人说，请您去看看她，顺便帮她付钱。”

只有一个人会在这时候回来，宁哲付了车钱，冲进雨中把几乎快昏迷的时月抱了出来，他抱着她冲回屋内，往她的房间跑去：“叫医生！马上叫医生！”

一刹那的轻别，换来半生的凄凉孤单，时月的生命中，始终藏有无法填补的空洞，只是一错手而已，爱他太深是错，方式太决绝也是错，放手也可以是错。

她只是，突然爱累了。

05

张井俞不知道时月身上发生的一切。

三个月后，当她治好黄淼淼时，张井俞按照约定送给她一张惊艳的画作——《伊人舞》。画中俨然是时月那晚在圣诞晚会上起舞的倩影，时月将眼角触动的热泪掩饰得很好。

张井俞盯着时月的脸看了一会儿，问：“你脸色怎么这么苍白？”

“我吗？哎呀，我最近用了新的美白面霜，怎么样，好看吗？”时月伸长脖子，对张井俞露出一个痛苦的微笑。

“挺、挺好看的。”张井俞迟疑了一下。

时月隐瞒了救治黄淼淼，损伤身体的事，黄淼淼的病因自己而起，现在功成身退，他们两个终于在一起了。

至于她，有什么关系。

“谢谢……谢谢你帮我治好了她。”张井俞低声说，也许是因为愧疚，面对坦诚的时月，他有些感动，也有些心虚。

毕竟，他欠了她。

时月摆摆手：“我要去买蛋糕吃了，你快走吧，我就不打扰你去约会啦。”

张井俞看了时月一眼，点了点头。

“唔……”时月看着张井俞的车消失在道路尽头，忽然脚下踉跄了一下，伸手捂住了自己的心脏，心脏似乎有千万只蚂蚁在啃噬，她忍受着巨大的痛苦，如墨玉的长发披散下来，她的嘴角呈现出不自然的猩红。“呵……这身体破败成这样了……看来那幅画对我无用啊……”

从宣城带回来的画，时月栖身其中，早就感觉到生命一天天在衰弱，她不想张井俞知道了自责，一直瞒着。

手腕上的“灵隐镯”散发出幽幽的绿光，另一只血红的镯子，因为

蓝小翼突然去了国外，她没有机会还给他。

两只手镯，触碰到一起，发出警告的红光，她的身体，不能再受到伤害了。

纷纷扬扬的白色花瓣，片片飘落下来，时月扶着围墙，迈着步子，缓慢地向前走着，嘴角是悠远的笑意，嘴角忽然有一点凉意。

她抬起食指拂过嘴角，视野越来越模糊，她依旧可以看清，食指上那抹细小如豆的血红，刺目的红色，如万爪挠心的痛，像是在惩罚她的任性。

“呕……”她运用“灵隐镯”，压抑下心中传来的一波一波不适感，早上，她收回了潜藏在黄淼淼体内的能量，身体内气息紊乱，她的身体本就脆弱，强撑着的力量似要爆发出来了。

嘴角的血腥味越来越浓，时月缓缓地拂拭嘴角，手指上又多了一抹血迹，她用指甲死死掐着手心，仿佛只有这样才能够让意识清醒一点。

只是，有谁能够救她？这个世界上，能救她的那幅画，已经被张井俞毁了，谁也帮不了她。

“臭丫头？是你吗？”

身后突然传来一股刺鼻的香水味，蓝小翼的声音传进耳中。

时月将满是血迹的手藏进衣袖，步幅有点不稳，时月稳了稳身子，尽量保持身体的平衡，她嘴唇苍白，面无血色，嘴角不断有温热的液体流下。

她不能让任何人看到这样子，所以她加快步伐往前走去。

“喂！臭丫头！你等等！”

身后汽车停下，回国才三天的蓝小翼见到她，意识到她不对劲，下了车朝她追来。

时月的脸上隐忍着强烈的痛楚，她觉得脑中很疼，那撕裂一般的疼痛和渐渐涣散的意识，都在宣告着这具身体已经支撑不下去了。

她的视线模糊，记忆也开始错乱，脑中不停地浮现一个身影和一个笑脸，她已经有些分不清楚，自己此时是不是死亡之际，又或者她的躯体已经死了，她只靠着一丝残留的意念在无边的寒冷中踯躅行走，有一个信念在心底指引着她——离开这里！离开这里！

“噗——”时月吐出一口鲜血，蓝小翼冲上来拉住她，怒吼道，“你怎么了？”

下一秒，时月推开他，像一只敏捷的豹子，手撑着胸口，飞跃上了旁边的屋顶，蓝小翼睁大眼睛地看着这不可能发生的一幕。

他转头去看地上的血液，本是赤红的鲜血，变成了一朵朵染血的梨花，铺撒在路上，刺激着他的神经。

这是怎么回事？她发生了什么事？

“时月！你回来！”她要去什么地方？

时月忽然在屋顶上奔跑起来，蓝小翼不能这样放任她离去，他立刻上车，开着车狂追起来。

前面的建筑物在他面前急速倒退，他目光锁定着屋顶上那个人离去的方向，不要命地追着她。

时月的腿已经摇摇晃晃，她已经分不清，自己是在前进还是后退，凭着那一股信念，艰难机械地向前跑着。

就算死，她也不要让自己那么狼狈，手腕上的镯子发出一道道红光，指引她要去的地方，脑海中有个声音一直提醒着她，他在山林，去山林……

车道上的汽车疯狂地按着喇叭，蓝小翼没有去管那些刺耳的尖叫声，不明白心底没来由的一阵心慌是为什么。

他只知道，不能让她出事！

蓝小翼握紧方向盘，咬着牙，紧紧盯着少女的方向，速度不断地加快，油表疯转，突然红灯亮起，蓝小翼的车速太快，另一辆车从左后方撞过来。

蓝小翼脑海里一个惊雷炸响，似乎明白了即将会发生什么，他立刻打死方向盘，想避开那致命的撞击！

时月本想摆脱他，此时也见到了这凶险的一幕，他是陈琛的后人，她一定不能让他出事，脑海中有这个想法的时候，她人已经从空中扑了下去。

白色的裙摆像在空中飞舞的蝴蝶，电光火石之间，眼看两辆急速的跑车要剧烈地碰撞到一起，只见一个单薄的身影，像是一支离弦的箭，从天而降，挡在他们的车前！

引擎的吼叫和跑车的嘶吼声在空气中尖叫，发出死亡临近的声音，那个少女生生用身体挡住了车的接触，她的手和脚分别撑住两台车，身体悬浮在空中，逼迫他们在悲剧发生的前一秒停了下来。

蓝小翼甚至听到了她的骨骼被挤压分裂的声音，那么大的冲击力和速度，用身体逼迫两辆车停下，这样的事，普通人根本做不到！

“时月！”剧烈的喘息声喷在耳侧，蓝小翼慌慌张张地下车，拔腿朝她跑去，脚因为恐惧已经僵硬，他一头栽到了地上。

对面那辆车内的人，明显也吓呆了。

蓝小翼爬起来，看着那个“砰”的一声，砸落到地的身影，顾不得膝盖钻心的痛，咬了咬牙，冲过去抱起她。

身体被车撞击的那一刻，时月看见了深不见底的万丈深渊，听说那是妖的终结地，谁也不知道里面到底有多么黑暗，因为进去的妖，从来没有出来过，能够熬过了那无底深渊的灵物，几乎没有。

眼前有一点亮光，听力也恢复了不少，时月看到一张脸，生生地撞进了她心里。他的嘴角忽然闪出奇异般的笑容，等到她看清了，眼前变成了蓝小翼的脸。

“……你怎么样？”蓝小翼的喘气声里吐出疲惫不堪的几个字。

“我没事。”时月挣扎着从地上站起来，蓝小翼傻了一样看着她，经过那么剧烈的撞击，怎么可能会没事？

时月的发丝凌乱，脸上流了不少血，胸腔中的纹路也在慢慢开裂，骨头全被撞碎了。她忍住痛楚，压低声音，尽量让自己的声音听来无异样，半开玩笑地调侃道：“蓝小翼，我是小仙女，神通广大，所以我没事，今天救了你一命，你要帮我保密哦。”

感觉到身后的人不答话，时月开口道：“我知道我在做什么，我救你，是因为一个人，你不要多问。”

蓝小翼听到这句话，方抬起了头，看着面前那个背影，喃喃自语：“因为一个人……”

一开始时月没有在意，这下安静下来，才觉得身体又冷又疼，很是难受。她伸手指向蓝小翼的眉心，身边的一切像是按下了暂停键，全部静止了。

不能让这个世界发现她的存在。

第九章

画月梦·焚烧

01

蓝小翼看到四周升腾起袅袅白雾，四周的景物，逐渐变得不真实起来，大脑中的记忆如同一摊清水，被人搅乱了。

“是啦，因为一个人，我厚脸皮，自取其辱，喜欢上两个人，一个人抛下我去了天堂，另一个抛下我爱上了别人，我比较蠢比较天真，不容易放手。”时月捋了捋额前的乱发，撇了撇嘴，叹了一口气，无奈地开口，“你走了狗屎运，我方才救你，就是因为你是他的后人，这下看到你没事，我也就安心了，以后也有脸去见他，唉，以后你也多照看些自己啊，别妄自丢了性命，我这次可能真的会死呢。”

蓝小翼没有料到她能说出这番匪夷所思的话。过了好一会儿，蓝小翼脸上露出复杂的神色，恍惚中，时月听见蓝小翼惊恐而慌乱的尖叫：“你的头发——”

头发？时月掬起一把头发放到胸前，微微低头，这才注意到，手中的黑发，不知道什么时候，变成了和雪一样的白。

花妖白发，说明她的生命值很低，濒临死亡了，很危险。

“想不到这般快了。”时月喃喃自语，轻描淡写地说了一句，放下那捧白发，负手而立，迎风思索着，似乎想看透这个世界。

蓝小翼看着面前那个背影，那一头白发格外刺眼，白得寂寞，也白得让人那般心疼，他这才仔细注意她脚下，竟然是一摊细如梅花的血迹，血迹中细细密密的全是红色的梨花！

他握紧拳头，死死咬着唇不让自己发出哽咽的声音，他听见自己的声音谨慎而小心，慌乱又强装镇定，颤抖着从胸腔里面发出来：“时月，你这是怎么了……”

“噢，小仙女中属白发等级最高，我这是又修炼到一个等级了。”时月继续向前迈步，脚步虚浮，踉跄了一下，有点狼狈，只见她扶着旁边的石柱，站稳了身体。

蓝小翼再也控制不住，就要往前追。

“别过来。”

听到她低低的声音，蓝小翼有点心软，还是顺从地停了脚步，她不露声色地抽了抽鼻子，犹豫了一下，笑嘻嘻开玩笑道：“人类世界不好玩，我要回家了。”

时月微微一笑，身体大半部分重量都靠在了旁边的石柱上，支撑着身体不至于倒下去，她很仔细地想了想，才扑哧一笑，温柔地开口：“蓝小翼，你告诉张井俞，说我遇见他，不后悔，你再告诉宁哲……算

了，我自己去和他告别。”

“时月！”蓝小翼急急忙忙地开口，说话间又要往前走，时月抬起一只手，地上忽然卷起狂风，她乘风而去，消失在原地。

蓝小翼木然地停住脚步，百感交集地凝视着前面空无一人的地方，一切突然像时间静止了三分钟。

嘈杂声在耳边响起，汽车鱼贯而入，一切恢复到了正常的节奏。

地上，落了一朵血红的梨花。

刚刚发生的一切，已经被时月抹去。

蓝小翼感觉自己像做了一场梦，清醒过来的时候，他坐在车内，手腕上戴着那只血红的镯子，他差点和前面的一辆车撞上，梦中有个女孩子，好像救了他，又对他说了什么话，可是他怎么也想不起来了。

那个差点撞上他的人，连连跟他道歉，蓝小翼摇了摇头，一踩油门，急速而去。

这是什么声音？

好像从一个极度安静的空间过渡到了一个嘈杂的环境，耳边响起的是人说话的声音？紧接着便是凌乱的脚步声。

“疼……”朦朦胧胧中，她似乎还能看见模糊的人影。

耳边的声音越来越清晰，身体的痛楚越来越强烈，经过仔细的分辨之后，时月沉重的眼皮动了动，终于撑开了。

“她醒来了！”有一个女人在喊叫。

跑进来几个人，有人在给她量体温，有人在翻她的眼皮，时月一瞬间找回了自己的意识，从昏睡中醒了过来，等眼睛适应了这里的光线之后，她发现自己躺在一间陌生的医院病房里。

她打量着房间内，终于反应过来，自己在一条小巷子里晕了过去，被好心人救了？

“你好，请问我在哪里？”时月嗓子干涩，艰难地开口。

一个拿着病历本的护士，见她醒来，皱着秀眉：“身体各项指标都正常，怎么会昏倒呢？你是一个中年妇人送来的，送你到医院后她就匆匆离开了，小姐，你有什么亲人吗？我帮你联系他们。”

她的身体，怎么可能被人类的仪器检测出异常？时月心里暗笑，她看向自己的头发和身体，还好，她自己处理过，外表看不出任何异样。

“亲人吗？我……没有。”时月翻遍了全身，没找到手机，可能是跑的时候丢失了，她没有钱付医药费，和护士说清情况后，时月走出了医院。

有没有谁会记住她呢？永远记住这个突然而来又突然而去的她，她的故事她从来没说起过，但是她却成全了张井俞和黄淼淼的感情，用全部的心力救下了蓝小翼的命。

她终于清醒地意识到——张井俞有他的人生，并不是她等待的人。

来到人间太久了，她该回去了……

寂寞的妖总是会用心地记住她生命中出现过的每一个人，于是她总是意犹未尽地想起他，在每个星光陨落的晚上一遍又一遍默数她千年的寂寞。

明知刚开始就错了，错在爱他太深，错在等他太久，错在这一生中仅想要跟随他一起走，在一生一世中他是她唯一深爱的人。

可他，明明不在了……

时月走了很远的路，走到了一处山林，翘首空中，如环的满月穿云而出，与她遥然相望。好久没见着这么亮的月了，月华如水，树枝摇曳，纤影婆娑，泻落在旁边的小树上，草际鸣蛩，凉风扑面。

“阿琛，我来看你了。”

夜色浓重，寂静的山道上，一抹白色身影静静地走着，远望着她，像是从画中走出来的古代女子，她着了一身浅白色织锦的长裙，裙裾上绣着洁白的点点梨花，乌黑的三千青丝垂在脑后，耳边仅别了一朵白玉兰，虽然简洁,却显得清新淡雅，脸上薄施粉黛，却绝世倾城。

时月在一处孤坟下站立，这处孤坟掩映在层层叠叠的野草中，草中盛开着朵朵五颜六色的花朵。

“阿琛，我存在千年，只为等你，我是不是错了？”时月面容清丽，眉头哀愁，于月色之下坐下来，“你睡在这里还好吗？我刚刚去看过，发现以前我们住过的院子呀，早已经成了荒地啦，那些被你亲手栽种长大的梨树，如今怕是也找不到了，你肯定没想到，当年的树中会藏着一只小花妖吧。”

时月拂了拂脚边的泥土，头靠在冰冷的墓碑上，微笑着：“很抱歉……现在才敢来看你，我一直不相信你离开我了，如今才敢承认，你是真的走了，不会再回来了……”

“阿琛，你知道我是怎么找来这里的吗？灵隐镯带我来的，只是它也很脆弱了，恐怕也陪不了我多久了，我最近常常想起以前的事，曾经感恩且倾心你，来到人间与你相会，相恋，并寄身于你为我所作之画，时日一久，我离不开那幅画，画已成了妖，就这样年年岁岁守在你身侧，很快乐，你知道吗？与你在一起的那些日子，一直支撑着我，所以我才能等下去，活下去。”

可你是人类，世间之人都逃不开一死，你体弱多病，年纪轻轻便离开了这个世界。自此，繁华转眼成荒坟，画也因此遗落，所有的恩情爱怨于一夜之间消弭。

如此千年，乱世多变，我仍长眠画中，痴心等待，希望心爱的你有一日归来，跨越千年，我等到了张井俞，可他，终究不是你啊……

在沉思中，时月的眸光渐渐暗淡下去，何其有幸能够得遇见？要是她不贪求太多，也够了。

“阿琛，我想你了……”时月抱膝，头轻轻地垂着，喃喃低语。

微风吹拂，她听着寂静的风声，渐渐地睡了过去。

02

“小月，你又睡懒觉了？”

“小月，你跟我去书房，说好的要学习，不能反悔。”

“小月，醒醒，醒醒……”

有一个人不停地在摇她，时月睁开眼，陈琛凝视着她，很缓慢地眨了眨眼睛，微笑道：“醒了？”

“阿琛……”时月有片刻的失语。

“说好的今天教你练字，怎么又睡了呢？”陈琛拉她起来，牵着她的手往前走，黑夜慢慢地褪去，走出那片山林，早晨的阳光洒在他们的身上，一片温暖。

他是陈琛，她的阿琛，他回来了？

时月一下子开心起来，抓着他问道：“是吗？今天练字？我不要练很多，五张宣纸，好不好？”

“不过你必须认真写。”陈琛看着她微笑的表情，“只有这一个条件，你答应，我就应允。”

“好呀。”原本以为时月还会讨价还价，却不料她答应得如此爽快，陈琛有点疑惑，不过心中还是充满了欢喜。

担心时月反悔，他便伸出手来，掌心朝外道：“击掌为证？”时月咯咯笑着，脚步轻盈地走近两步，抬手在他掌心拍了一下。

他们沿着一条羊肠小径走到了尽头，陈琛走到一间木房子前面停了下来。

木房子底下用四根大木桩撑起，想必是怕潮湿，旁边是一个天然的小湖，里面种满了荷花，靠岸边的地方是一排梨花树，树旁有一个水车，正在慢悠悠地转动着。

陈琛沿着阶梯走上去，时月也跟着，推开了门，宽大的屋子全都摆满了书架，架子上放得满满的。

时月走进去细看，发现书架上有纸书也有竹册。时月随意翻了一些书，发现这书屋所藏之书，颇为广泛，几乎什么都有。

陈琛神情十分温柔，眉眼间光彩流转，拿着砚台，毛笔、宣纸、迎面向她走来，把她拉到书桌前，他站在她身后，一笔一画地教她练字。

“小月，那一横要用力，对，是那样的，那一撇轻一点。”

“阿琛，我写得好吗？”

“嗯，很好。”

画面一转，到了一间烛火摇曳的房间。

时月坐在镜子前，正在描眉，面若桃花柳如眉，清澈的双眸波光潋滟，红唇娇艳红润一点点，双颊被胭脂水粉晕染出一片朦胧的轻红，梨花般的清丽脸颊上，又透出一丝妩媚的韵味来。

“小月，你幻化成人类出嫁女子的模样，不怕羞？”陈琛端着饭菜，推门而入。

“哎呀，讨厌！今天我见到有新娘子出嫁，她那身衣服太好看了，人家照着服饰，变幻一件穿着看看嘛。”时月从座位上弹跳起来，叽叽喳喳地争论。

头戴凤冠身披霞帔的她，华贵而高雅，骨子里透出来的那抹冷傲和嚣张，又让她除了美，更是多了几分清冷的傲气，令人不自觉地被吸引、着迷。

“我们家小月是迫不及待地想嫁给谁了？”陈琛走到时月身后，接过她手上的梳子，为时月梳了梳发，他俯身扶住时月的双肩，将下巴抵在她的肩头，唇角轻轻地勾了起来，那魅惑众生的一笑仿佛能让漫天星光黯然。

“没有了，是不是这样穿……不好看？”时月愣了愣神。

待自己回神，顿时一抹红霞飞在双颊，幸好胭脂染得重，自己不至于失态。

少年抑制不住沉闷的笑声，沉沉说道：“小月，很好看。”

画面又一转，时月的眼睛倏地瞪大，一时间空气凝固了，寂静的房间，苍凉的大雨，砸在地上泛起一圈圈涟漪，时月脑中一片空白，听不见任何声音，风吹散了张扬的发。

“小月，让我来仔细看看你。”病榻上，一个人剧烈地咳嗽，虚弱地伸手。

时月的眼里看不清任何东西，耳边听不见任何声音，她的视线只聚集在了一个点，看着陈琛嘴角慢慢渗出的血，一朵朵，像妖艳的花，开在她的心脏上。

她的心里，有什么被挖走了，空荡荡的，被雨水冲刷得麻木了……

“阿琛！”时月跪倒在地，“不要离开我，不要，我不要……”

陈琛支撑不住身体的重量，靠着枕头坐起来，张开的手臂想拥抱她，她脸上熟悉的表情，嬉闹的笑，苍白的笑，他的小月真美，只是，以后再也看不到了。

“小月，不要等我……”

陈琛微笑着闭上眼，他的身躯慢慢向后仰去，在旋转的天地中看到了时月苍白的脸，时月飞奔到他身边，赶忙接住他的身躯，抱着他。

“我死后……你回到你的世界去……”陈琛咳嗽着，嘴角一边溢出了血，他看着她的眼睛，看着她瞳孔中的自己，陈琛眼中一抹伤痛闪过，“小月，是我拖累你了……”

时月将手放在他的唇上，堵住了他接下来要说的话，声音抑制不住地颤抖：“别说话了，你不会死的，不会死的。”

“我的小月，遇到你……这一生……很好……”陈琛的身体剧烈地抖动着，缓缓抽搐，血从口中涌了出来，但他还是极力从剧烈的喘息中露出微笑，紧紧握住她的手，放在自己的面颊上，“我最开心的事，就是……爱上你……”

他闭上眼睛，脸上还带着幸福的微笑，那只手臂缓缓垂下，悄无声息。大雨像被抽打的鞭子，哗啦啦，天地被笼罩在朦胧中，一切都失去了颜色。

时月的眼泪再也忍不住，喷涌而下，胸腔里燃起没有边际的疼痛火焰，像是从心脏延伸而出的铁钩，刺进她的皮肉，让她痛不欲生。

陈琛的掌心温度渐渐减去，冷疼了时月的心，所有的一切在雨雾中朦胧起来，时隔多年，那些快乐而美好的回忆像一把锯子，来来回回从心到身拉锯过，血肉模糊。

遇到你，这一生很好……

一行眼泪从睡着的人脸上流下，夜空中下起了小雨，空气清新而寒冷，时月睁开眼，眼前的天地，一片漆黑。

没有陈琛，是梦，只是梦……

从林深处的树叶上囤了许多积水，有风轻轻摇动，雨水便顺着尖尖的叶间滑下，一座冰凉的墓碑旁，时月静静地坐着，一头乌丝沾了水珠，肆意地洒落身旁。

“阿琛，我要做一件事，然后……来陪你。”

时月站起身，看了一会儿，脖颈间的凉意侵入人心，她缓缓向山林外走去。

下了多日的雨，终于露出了点阳光。

时月一个人静静地走着，从黑夜走到白天，从雨后走到天晴，才看到街道上有人类的身影。

她看着西边天际薄薄的红霞，隔着起伏的山脉和树林，红色的余辉晕染在天空中，温暖而苍凉。

“一只小青蛙，肚子饿了，扑通扑通跳下水！”

“唱错啦！唱错啦！是一只青蛙四条腿，扑通扑通跳下水。”

有小孩子在做游戏，三五成群地围在一起，吵吵闹闹，不知道谁家的窗口飘出了饭香，时月才惊觉自己饿了。

她看着周边的一切，老人在垂钓，孩童在打闹，妇人在临水边相互攀谈，热闹的声音，让她原本空寂的心渐渐充盈起来。

03

时月在外面寻找回宁哲家的路，她失踪了整整三天三夜，宁哲快急疯了。他报了警，可是警察局根本没有关于时月的半点信息。

几天下来，宁哲夜不能寐，他整天守着手机和大门，盼望着时月会回来。

大概是想彻底地离开这个世界，时月不愿意再见他，她回到房间，拿出信纸，心里想到什么，纸上便出现了一行行文字。

夜渐渐深了，月光透过薄薄的窗帘照进来，在地面上撒下银色的光，窗外树影摇曳，蓝色的书桌上，躺着一个白色的信封。

里面那封信散发着淡淡的梨花香，字迹工整，像是打印出来的书写

体，宁哲醒来，便看到了这一份“天外来信”——

讨厌鬼，不要再找我了，我走了。

我说过我不是人，我是一只梨花妖，住在一幅画中，至于我为什么来到这个世界？我为了寻找我的爱人，可是他早就死了，如今我才敢承认这个事实。

记得我们第一次相见的树林吗？哈哈，你给我的第一印象太坏了，所以我很讨厌你。还有，我不是喜欢汉服，那天就是我本来的样子，看到你在树林里烦躁地转悠，其实我就坐在树枝上，看着你呢。

你知道吗？张井俞和我曾经的爱人长得一模一样，所以那时候看到你欺负他，我想找你拼命！讨厌鬼，谢谢你带我翻围墙，谢谢你请我吃那么多好吃的，谢谢你在我无家可去的时候收留我，谢谢你对我那么好，让我感觉到在这个世界上有人在乎我。

讨厌鬼，对不起，那一次在超市我用榴梿打坏了你的头，你是不是因为被我打坏了头，才犯迷糊对我那么好呀？另外，那次在酒吧，我说我被房东赶出来了，其实我的房东就是张井俞，住在你家之前，我一直在他家混吃混喝，接近你，只是为了利用你，你不会生气吧？生气也没办法了，我把我的存款全留给你了，就在我房间的书柜抽屉，第三个粉色盒子里面，当赔礼道歉了。

有时候觉得，你就是第二个我，你对我，就像我对张井俞，现在我能感受得到你心里一定很难过吧，只是从不在我面前展示出来，现在好了，我不占你便宜了，以后也不欺负你了。

去宣城的时候，我跟张井俞表白完，虽然你表面上不说，但我知道你很伤心，瞒着我在厕所偷偷哭，那天你背着单反，骗我说去拍照，我跟着你走了一段路，发现你蹲在一棵柳树下大哭，哭得太可怜了，让我想笑又有点心疼。没关系，以后我不在你身边了，你想哭就哭，没人会笑话你的。

还有，你院子里的花朵啊，如果你有时间的话，记得好好打理它们，我会替它们感谢你的。有时候我在想，是不是你已经知道了我的身份，只是不揭穿我呢？我跟你说实话，你跟我开玩笑，没个正经的，实在拿你没办法了。

说了这么多，全是欺负你的事，最后为了补偿你，告诉你一个小秘密。蓝小翼是我爱人的家族后人，那天我抢他手腕上的镯子，是因为那个镯子是我送给心爱之人的，你要是想念我，揍他一顿，把镯子抢回来啦，哈哈哈……

再见了，讨厌鬼，希望你以后平平安安的，遇见一个比我好千倍万倍的女孩，一辈子幸福。

很抱歉没有亲自和你告别，但你永远是我的朋友。

全世界最美的时月留。

“小哲，你怎么哭了？”宁爷爷拄着拐杖过来，看到宁哲坐在沙发上读着一封信，只是薄薄的一张纸，宁哲盯着它，已经发了一小时呆。

宁爷爷凑过来，担心地看着孙子，问：“是时月丫头写的？”

“爷爷。”宁哲抬起头，红通通的眼睛像是一只兔子，他沙哑着声音说，“月儿走了，离开我了，再也不会回来了。”

“走了……是去她想去的地方了吧，小哲，如果没办法忘记她，就不要忘记好了。”宁爷爷在他身边坐下来，苍老的面容上，浑浊的眼珠子溢满泪水，拍拍他的肩膀，叹息着，“人活着啊，凡事皆有代价，快乐的代价便是痛苦。”

“我不懂，我那么努力，为什么还是不能让她喜欢我？我不懂我哪里做得不好，爷爷，我不懂……”宁哲把头埋在两腿间，晶莹的泪水砸在灰色的厚重地毯上。

“人不可能什么都抓在手上，如果想都抓在手里，你就什么都抓不住，爷爷想，时月丫头就是你抓不住的人了。”拐杖声慢慢远去，声音在宁哲耳边回荡。

抓不住的人……

爱是一种感受，即使痛苦也会觉得幸福，即使心碎也会觉得甜蜜。遇上时月后，他的回忆即使破碎，也让人觉得美丽。

月儿，爱上你只是一时，忘掉你需要一生，不管你是否还记得我，在我心里，永远有一滴我为爱你而流下的泪水，永远有一个为你而留的位置，永远永远在那里……

时月离开宁哲家后，去了黄淼淼家开的宠物医馆。

成片的梨花，雪白一片，好似一场大雪，染白了枝头，如雪的花海中，香气引来了不少蝴蝶。

时月坐在外面那棵大槐树上，肩膀上落着一朵朵异样晶莹的梨花，昔日温柔的少女，愈发出落得水灵清秀，少年帮她抱着一只狗狗，她低声地安抚着它，喂它吃药。

“井俞，我们老了以后，要养很多宠物。”

“好，都听你的。”

两人依偎在一起，时月听着他们的软绵情话，嘴角浮现一个微笑，她看到张井俞和黄淼淼告别，从宠物医馆出来，一个人往家里走。

他在街道上，款款前进。时月在屋顶上，小心跟着他，就像很久以前，她跟踪他，小心翼翼，不想被他发现。

张井俞回头，时月躲到屋檐暗处，等到张井俞继续走，她才敢继续往前走。

空气中，她闻到了张井俞身上的气味，依然像夜风一样冷，她屏住呼吸，闭上眼睛，往空气中嗅了嗅，轻盈地在屋顶上飞跃着。

时月每走一段路，脚旁边便会绽放一朵花，花瓣那么小，小小的一片，根本不会有人注意。

柔和的春风吹拂，时月脚步轻盈，长至腰部的顺直黑发，在耳朵两旁挽了一个双髻，随着她的步伐，调皮地左右甩动。

就像，她遇见他的那天，岁月美好，春光温柔。

张井俞路过一棵槐树，洋槐花纷纷扬扬，簌簌而落，落到他的头发上，肩膀上，仿佛间如多年前，他被时月捉弄，一身狼狈。

时月跟着他踏进青石，走过曾经的路，回到了初见的地方。

她没有穿鞋，一双白皙小巧的脚踩在冰冰凉凉的青石板上，刺骨的凉意冰得她打了一个激灵，她走到院子中的秋千旁，收起脚，坐在上面摇晃。

梨花树，落英缤纷，在庭院的上空飘洒，凄美得像是恋人的离别。

04

张井俞拿起洒水壶，给院子里的花草浇水，风吹过来，洁白无瑕的梨花漫天铺地，秋千随风摇摆，好像有谁坐在上面玩耍。

“时月？”张井俞看着秋千，那上面并没有人。

时月好像莫名其妙地消失了，这么多天，他也没有听到过她的消息，他想，或许她贪玩，到什么地方游玩去了？

她去了哪里，关自己什么事呢？

张井俞对自己笑笑，浇完花，他进屋拿出一本书，坐在台灯下看着，橘黄色的灯光，照在他细腻光滑的皮肤上，他白天帮黄淼淼在宠物医馆干了一天的活，累了，翻了一会儿书，睡着了。

时月手执两幅画卷，一幅是他从宣城回来画的，一幅是不久前才画的《伊人舞》，张井俞睡得很沉，她现身出来，凑近张井俞，静静地看着他。

墨黑的发，微卷的长睫毛，清秀白皙的脸庞，总是喜欢皱起来的眉头，她手轻轻地抚过他的眉心，替他抚平即使在睡梦中也睡得颇不安稳的愁容。

再见了，张井俞。

“我等了太久，不记得你是张井俞，还是阿琛了……”

叹息声和风一样清冷。

张井俞仿佛听到了声音，他猛地从梦中惊醒，奇怪地看了后方一眼，风吹过他的发梢，吹落进几片梨花，刚才的叹息声，似乎是错觉。

他揉了揉眉心，试图让自己清醒一点，书桌上一封信却突然映入他的眼帘——

笑看世间，痴人万千，我是痴人之一。 白首同偕，实难得见，与君一别，不再相见。

人面桃花，是谁在扮演，我如磐石，曾为君蹁跹。时过境迁，故人难见，一抔黄土，尸骨千年。

旧日黄昏，映照新颜， 相思之苦，我不敢言。 梨花香让人心感伤， 愁断肠无人解我思量。

莫相忘旧时人新模样，为情伤，我命数本就无常。 笑沧桑，万行泪化寒窗，勿相念，我为梨花一缕残香。

太过痴狂，念你无心，独我孤芳自赏，万行泪化寒窗。勿彷徨，这一生我爱过他，念过你，无憾，无殇。

落款的地方，放着一朵沾着泪珠的梨花，张井俞拿起那一朵梨花，眉头轻轻地皱起，有一双清澈的眼睛，又浮现在他的脑海。

——张井俞，我喜欢你，比所有人都先喜欢你。

——我这一生最疯狂的事，就是爱上了你，最大的心愿，就是你能陪我白首同倦。任何时候，任何情况，只要你需要我，我会立即赶来，人明明可以忘记，而我不肯放弃，我想和你一起，朝朝暮暮，我想与你并肩，等待明天，我想牵你的手，走过今生，牵你的手，生生世世。

他折起那张饱含热泪的信纸，和那朵梨花一起，锁进了抽屉里。

在他睡着的时候，她来过？

终究，是亏欠了……

寂静的夜，寂静的路，小雨又淅淅沥沥地下了起来，打在树叶上，噼里啪啦响着。

时月执着那两幅画卷，一步步走进这黑夜，停在了一座孤坟前。她回头，看着脚步踩出的一条苍茫大道，可是她看不到这条路的尽头。

阿琛，我来陪你了。

时月把那两幅画摊开，画中的她不过十七八岁，面容不老，她的心却千疮百孔，只见她右手一动，“灵隐镯”和画轴漂浮在坟墓上空，手镯化作一团赤焰之火，时月怔怔地看着，久久没有说话。

这具身体支离破碎，身体内的灵魂也没有办法愈合修补了，只见时月衣袖一挥，口中念念有词，忽然她嘴角一笑，对那团火吩咐道：“命令！焚烧！去吧——”

只见那团燃烧的火飞到了半空中，慢慢地变大，完完全全地将画笼罩住了，那火似有生命般，只是包裹住了画作，并不燃烧，在正对着时月的那一面，出现了两只悲伤的眼睛，看着时月，似乎在等她的命令，也似乎在和她告别。

时月点点头。千年一场画梦，梦该醒了。既然不能同生，那就让她伴他地下长眠。

看到时月点头了，那火一下子似猛兽张口，一口一口地吞噬着画作各个角落，疯狂地燃烧了起来……

随着画作一寸一寸化为灰烬，时月的身体也变得透明，千年以来，她承载了太多的爱恨情仇，终于可以放下，归于尘土，了无痕迹。

“砰——”一声巨响，透明的身体轰地炸开，漫天的梨花，花朵数不胜数，从天空落下来，落满了漫山遍野，落满了城市的每个角落，雪白的景象迷住了不少人，人们眼睁睁地看着所有的梨花树，一棵棵竞相开放。

天地间，那白色，白得朦胧，白得素洁淡雅，像是一场伟大的葬礼，它们浮绕在天空，随着风吹走，被花瓣沾上身的人，都不自觉地流

下了眼泪。

它们疯狂地开放，又快速地凋落，在山川上，在河流中，不分日夜地飞舞。

凄美，绝艳，哀伤。

飞舞的花瓣，壮观的景象，吸引了每个将睡的人出门观看。

宁哲披着睡衣，站在高高的阳台，看着天空中奇异的一幕，他伸出手，捧住几片洁白的梨花，失神地问："月儿，是你吗？你来跟我道别了吗？"

黄淼淼揉着惺忪的睡眼，她站起来，推开窗看着这如梦如幻的一幕，风吹得她挂着的风铃作响，花瓣卷着风铃，轻轻地敲着、敲着……

张井俞站在院子里，梨花落满了他的全身，他看到夜空中，一颗耀眼的星星坠落下来，心脏陡然痛得一收缩。

妖陨星落，是不好的兆头。

他手捂在胸口，十分不安，他望着茫茫的天际和飞舞着的梨花，想起了那个少女，那封书信，像一封绝笔。

张井俞忍住胸口传来的不适，张口喃喃自语地念着："梨花一缕残香，你太过痴狂，念我无心，万行泪化寒窗，你爱过他，念过我，无憾，无殇……"

他看着这场满城梨花凋败的葬礼，心里的苦涩，全部涌上心头。

一时间，泪落无声。

05

第二日。

层峦叠嶂，地上覆盖着厚厚的野草，苍劲翠绿的松树，高傲地挺立在野草中，山风扑来，花香阵阵，袭入心扉，舒畅开怀。

一对老夫妻尽情吸吮着风里甜甜的空气，宛如痛饮了一杯浓浓的葡萄酒，走到一处，老太太忽然指着前面问：“老头，你看，那儿是不是多了一棵梨树？”

他们是住在山下的护林员，对这片山林很熟悉，哪里多了一块石头都知道，一夜之间，这里什么时候多了一棵大树？

两人相互搀扶着，拨开半腰高的野草，来到一处空地。

眼前一处年代已久的孤坟，土丘微微凹陷了进去，旁边长着一棵巨大的梨树，梨树枝丫茂密，盛开着繁茂的梨花，为孤坟遮风挡雨，山风吹拂，雪白的梨花簌簌落下，覆盖在坟墓上。

“土还是新的，这棵树像突然长出来的，奇怪了哟，方圆几里，只有这么一棵树木。”老太太轻轻地抚摸着梨树，抬头说。

老爷爷重新修整了下快荒芜的坟，笑呵呵地说：“大概这座孤坟是它的某位亲人吧，看他孤零零的，来陪他了。”

老太太将那块破旧的墓碑擦了又擦，上面逐渐显现出一行清晰的字——陈琛之墓。

两人又把随身背着的水壶拿出来，给梨树浇了水，然后，才慢慢地往山脚下走去。

泥土与落花混在一起，一座新坟出现在山林野地里。

梨花飞舞，花香萦绕，坟依靠着树，树陪伴着坟。

从此，生生世世，相依相伴，永不分离。

番外

爱若山上雪，伊人如云间月

01

雾隐之地，有一处沿海小岛，从高处看去，岛屿似一朵盛开的花，岛上梨花盛开，居民在云雾缭绕之中走动着，十分惬意，街上很热闹，海边有少女撑船出海捕鱼，这里俨然是一个“世外桃源”。

清风习习，一处高山上，此时正盘腿坐着两个人，皆是相貌出众，眼眸闪着温柔的光芒。

少年着一身松松垮垮的青色长衫，面容俊朗，正襟端坐，拿着一只青花瓷茶杯，轻轻吹一下，慢慢地抿茶。

另一个看起来就没这么耐得住性子了，少女黑发如瀑，洁白的云纱裙像云朵一样散开，她光着脚，放荡不羁地半躺在一块青石上。

两人中间是一块方形玉石，那玉似是天然而成，表面平滑如膏腴，四角也是平平整整，玉石上分布着一些裂纹，恰好是天然的棋盘，上面稀疏地分布着一些棋子，棋子均是大小不一的白石黑石，旁边的玉碗里，已经搁置了一些被吃掉的棋子，看样子这棋是下了很久了。

“哎呀，又要输了！”少女伸手把被吃掉的棋子偷偷放回棋盘，要赖道，“刚这几步不算，重来，重来。”

少年按住她的手，微笑着摇头：“小月，这已经是你悔的第十颗棋子了。”

他们身后有一株古老的槐树，槐花随风纷纷扬扬，不时落在地上，落到棋盘上和两人的发上、肩上，两个人也都不拂去，只是让它随意飘落着。

棋已经下了一大半，棋盘上的残局，胜负一眼分明。

“阿琛，你小气，那我再想想。”时月收回手，放下棋子，吐了吐舌头。

时月挠挠腮，眯着眼睛，不知道在想什么，食指和中指间的一粒黑子，有一下没一下地敲着桌面。

陈琛看着她那副慵懒的样子，已经维持了近半个时辰，要不是那一动一动的手指，他不禁要以为她睡着了，他用食指敲了一下桌面，皱眉提醒道：“小月，该你落子了。”

“别催我嘛，我正梦见一个大师傅，教我怎么下呢。”

时月也不睁开眼睛，脸上是高深莫测的轻笑，她嗅了嗅空中的槐花香，摇了摇头。

陈琛一听这话不禁鼻子气歪，无奈地摇了摇头，真拿这个脾气古怪、出言狂妄的丫头没辙。

他下棋，赢遍村中好友无对手，所谓高处不胜寒，说的就是自己了，直到碰上了时月这个棋友，他才真正知道什么叫“棋逢对手”。

可笑时月每次主动找他下棋，他便陪着她玩，可这丫头下棋毛病一大堆，不是吃东西睡觉，就是打呼磨牙，真是让人哭笑不得。

有一次棋下到一半，时月说要去买糖葫芦，一去就是一整天不见人影，一天啊，陈琛等着她，最后怎知被放了鸽子，时月把他一个人在山上晾到半夜。

陈琛咳嗽了一声："小月，这盘棋还下不下了？"他收回目光，落向身前的棋局，又瞥向对面那个懒懒散散的人。

时月这才懒洋洋地睁开了眼睛，当下哈哈大笑起来："不下了！阿琛，我想吃胖大婶家的烧饼啦！你陪我去！"

"你啊……"陈琛无奈地起身，伸出手点了点她的鼻尖。

时月踮起脚尖，高兴地在他脸上亲了一口："你最好啦。"

陈琛最后又看了一眼那局残棋，被时月拖着衣袖，往山下走去。

02

山林里，雪花正簌簌地飞落，开始如撒盐般，后来越下越大，如柳絮大团大团地落下来，偶尔有承受不住积雪的细枝，掉落下来，有的树木完全干枯了，有的还是青绿。

一匹雪白的骏马，一个白衣少年，一个红衣少女，正一前一后慢慢走着，他们身后是一串长长的深深浅浅的脚印，少年抬头看着天空，面前的人，青丝上肩上已经是细细的一层白。

他停住脚步，微微一笑抚摸着白马的鬃毛，马儿仿佛懂主人的心意，也停了下来，少年从马背上的包袱里拿出一柄油纸伞，撑开，紧走几步赶上了前面的少女。

感觉到头上一阵黑影，时月停下脚步扭过头去。

他微笑道："雪大了。"

时月了然地笑了一下，一只手已经被陈琛握住，宽大的手掌包裹着她的手，力度刚好，一股热源从手心直达心脏。时月畏寒，一到冬天就抱着小火炉，陈琛会医术，每年不知道从哪儿采来些药材，改善了她的身体，却从未根除过她的寒疾。

"啊，阿琛，给白雪也撑着点。"时月摸摸马儿的脑袋，左手握着缰绳。

陈琛没说话，只是微微颔首，一手牵着她的手，另一只手撑着伞，偏向他们。

他走得从容而优雅，跟着她的步子，为她挡住那漫天大雪，两个人在羊肠小道上，慢慢前进。

"阿琛，我很喜欢下雪，雪白的雪，雪白的梨花，我都喜欢！"

时月清丽的声音，仿佛透过千山万水而来。

"看过那么多风景，还是这儿的雪景最漂亮。"时月弯着眼，看着这银装素裹的"画卷"，心中只觉欢喜不已。

陈琛没有正面答她的话，只是说了一句："梨花白雪固然漂亮，你却是最美的风景。"

说完，他停下脚步，深深地望着时月，时月面上有一丝羞赧，也不

知是因为他那一句话，还是此刻他意味深长的目光。

“对了，我今天心情好，送你一份礼物，它叫‘血离’。”时月拿出一只红镯子，亲自替他戴在手上。

陈琛愣了愣，缓缓从袖中也拿出一只碧绿的手镯，只是色泽、亮度和时月给他的相比，着实要差上许多。

他尴尬地摊开手：“这只玉镯，是我自己打磨的，比不得你的精美，这下送不出手了。”

时月很意外，没想到陈琛也会选择送她手镯，顿时一丝甜蜜在心中悄然化开。

她扬起眉眼，笑着说：“阿琛送的总是最好的！看我的！”

陈琛还在发怔，不知时月要干什么。

时月拿起那只镯子，掌心传来温热的触感，她微微一笑，缓缓把自己的灵力注入其中，而那只碧绿的镯子正逐渐变得通体透明，散发着幽幽光芒。

陈琛愣了一下，一下子语塞，不知道该说什么，只是感觉心如融冰的春水，被风吹起了皱，温热而盈满。

时月把手镯也戴上，仔细地看它：“我把灵力注入了这两只手镯里面，它还没名字吧？我想想，它现在很厉害了，就叫‘灵隐镯’好了，行吗？”

“你说好便好。”陈琛领着她往前走。

时月坏心顿起，看着陈琛没有表情的侧脸，猛然朝他大喊一声：

“阿琛！”

陈琛狐疑地看着她，时月狡黠地一笑，一只爪子已经拍上了陈琛整张脸。

陈琛满脸的雪花，愕然地盯着她，眼睛里有一丝无语，也不知道她的雪团从哪里抓的。

时月满心以为他会呵斥她几句，谁料陈琛只是嘴角动了动，抽出手，将脸上那只爪子拿了下来，握在手中暖了暖：“怕冷就不要玩雪了，你跟几岁孩童有得一比。”

时月嫣然一笑，眉头一挑：“我是山中的野马，天上的流云，自由自在，什么都不怕，怎么开心怎么活！”说话间她的两只魔爪又捏上了面前的俊脸，“当然……我永远是阿琛的小月！”

陈琛只是笑笑地看着她那嚣张的模样，脸忽然凑近：“什么都不怕……那这样呢？”他忽然低头擒住面前那喋喋不休的樱唇，深深吻了下去，唇齿纠缠。

时月立马松了手，如一只被踩了尾巴的猫，向后跳开，怒瞪着面前云淡风轻的陈琛，半天才没好气地说出一句话：“你欺负我！”

陈琛看着她一脸羞红，气发不出来的懊恼模样，低低笑道：“你刚用雪团糊我一脸，现在我们扯平了。”

时月冷哼一声，推了他一把转身扯过缰绳，跨上马背：“驾——”

陈琛看她是真生气了，无奈地摇摇头，平时她也是不可一世的嚣张模样，小孩子的心性，还真是被宠坏了。

他收了油纸伞，沿着路上的马蹄印，寻了过去，也不靠近，只是远远看着那个骑马狂奔的背影，嘴角噙满了笑意。

人们常说人妖殊途，我却为你失去了心，小月，我不知道何谓让你幸福，我只知道，只要你来，只要我在，我便一直陪伴。

我宠着你所有的任性，穷其一生，爱你到生命结束的那天。

03

“下来。”

“不下！我松手你又跑了！”

“小月，我不跑，你下来。”

“不下！”

“下不下来，我动手了。”

“我才不怕，你又不会打我。”

僵持的声音一直继续着，陈琛黑着一张脸站在那里，背上趴着时月，时月手脚并用地勒着他，死活不肯下来，陈琛已经被她勒得满脸涨红，甩又甩不掉，很是狼狈。

“好了，我答应陪你出去游玩，你先下来，行吗？”陈琛无奈地看着她。

时月微笑着点点头，这才松了手脚，从陈琛身上爬下来。

陈琛如释重负地叹了一口气，重新整了整被她弄皱的衣服，想了一下，不自然道：“我听说那个山谷里面很不安全，你答应我不闯祸，我就陪你过去。”

“我保证不闯祸。”时月举起三根手指头发誓，心中已经有了主意，“我们收拾下东西，马上就去。”

陈琛应允了他，事不宜迟，时月立刻打包行李。

两个人默不作声地走着，从村子出来，沿着一条小道前进，一路上很安静。

“还要走多久？”陈琛回头问。

“快啦！”时月几步追上陈琛，扯着他的衣袖，满脸的孩子气。

陈琛微微皱了一下眉头，扯了扯衣袖，压低了语气回答，“乖，别胡闹。”

时月扯着他的衣袖不松手，陈琛扯不回来，就随她抓着。

走完那条小道，时月又带他穿过了一片一人多高的荆棘林，陈琛心中不禁纳闷：到底是什么朋友，住在这么险要的地方？

荆棘林后面没有路，是悬崖，这里的断崖四周岩石异常锋利，呈包围炸状，完全是天然的屏障，往下面是云雾缭绕，看不分明。

陈琛停了下来，时月指着那片茫茫云雾，说：“到了。”

陈琛新奇地望向四周，不理解地看向时月，时月点头给他一个放心的眼神。

只见她从腰间拿出一个小海螺，对着悬崖下吹着，不一会儿从下面传来细小的声音，像什么东西在快速移动，那声音越来越近，忽然轰的一声响动，有什么东西从地面蹿了上来。

“啊——”陈琛一声大叫，不可置信地盯着面前的生物，脸上都是惊叹，“大蛇！你怎么——”陈琛盯着面前的庞然大物，害怕得咽了下口水。

“小白，又见面啦！”时月兴奋地看着面前的生物。

这只生物全身通白，有白色的鳞片，庞大的蛇头正看着他们，嘴里不住地吐着猩红的信子，不过它的眼神倒是很温和，看得出来对他们没有恶意。

小白兴奋地摇摆着身子，将头低下来轻轻地蹭了蹭时月的衣服，好像在打招呼。

时月摸摸它的脑袋：“对不起，这么久没有来看你们了。”小白亲昵地摇摇头，好似听懂了她的话。

“阿琛，我们下去。”时月足尖一点，揽住陈琛的腰，跃到了小白的身上。

陈琛明显没有从方才的震惊中反应过来。

时月好心地解释：“哎呀，阿琛，人家是妖嘛，我的朋友当然也是奇奇怪怪的啦，你每天见我栖身画中都不惊讶，现在也该适应啦。”

“我尽量适应。”陈琛回答。

小白一直送他们到了谷底，恋恋不舍地离去了。

陈琛这才注意到，他们待着的地方，到处是大大小小的池子，池子里水温好像还挺高，冒着热气，池子与池子之间被青石板分隔开，他们现在站的地方，就是一块青石板，整个谷底很平坦，四周还有郁郁葱葱的矮小灌木。

时月走到前头："阿琛，跟我走。"

经过那些小池子，前面……难道是大海？

只见茫茫的一片都是浅蓝色的水，同样冒着氤氲的热气，像是一个天然的温泉，更奇异的是，"海面"上漂浮了很多硕大的荷叶，荷叶上竟然是……房子？

那些房子好似都是用植物组成，主要材料是竹子，上面装饰着花草，每一户都不尽相同，有一些嘻嘻哈哈的笑声传来，陈琛转过头去看，是一群拎着篮子的少女，正往他们游来。

游来？陈琛意识到这个词，才仔细看了看她们，她们脸和上身倒是和平常人一样，忽然有个女孩在水里跳跃了一下，激起一阵浪花，在那一刻，陈琛不禁震惊了，那是……鱼尾！那些少女看到岸边有人，加快了速度游了过来。

陈琛这下看清了，在水面上游刃有余地翻腾拍打，都是鱼尾，她们是美人鱼！时月也看清了，却是习以为常的样子。

04

"月儿，你来了？"

"月儿，好久不见！这就是你提过的，你的爱人吗？"

"月儿的爱人真好看。"

"我们快向他介绍下自己！"

那群人鱼女孩都热情地跟陈琛打着招呼，看来陈琛在这里颇受欢迎，中间有一个天蓝色鱼尾的女孩，她有着姣好的面容，鱼尾在水下轻轻地摇动保持身体的平衡，手上挎着一个编花篮子，里面盛满了贝壳，正友善地看着他们。

“月儿，你来找青釉吗？”女孩问，上次时月也一个人来过，她说她的恋人生病了，想要青釉帮她。

青釉说，那个少年不会活得长久，要时月别与人类来往，为此时月还发了脾气。

“嗯，我来找他。”时月友好地回答，少有的和善语气，的确，陈琛体弱多病，她非常担心，虽然陈琛尽力瞒着她，时月也知道他病了，病得很痛苦。

“他在老地方，你去就是。”女孩娇媚一笑。

“谢谢你，蓝眉。”

“不用谢，绿珊、赤珠我们也快点回去……”女孩唤着旁边嬉闹的伙伴。

“好好好……眉姐姐。”说着她们相互追逐笑着游离了岸边，向着相反方向去了。

“快走快走！你还看！”时月拖着陈琛的衣袖，不小心撕下一块布，愤愤不平地说，“不准你跟她们眉来眼去。”

“无理取闹，我只是看到美人鱼很好奇。”

“明明就有，你不知羞耻。”

陈琛没有理她，加快脚步走在最前方，时月看他有点生气了，想来自己是有点过分了，嚣张的气焰瞬间没了，泄气地赶忙跑了过去。

“对不起啦。”

“大不了我赔你一件衣服。”

“……”陈琛依旧没理她。

陈琛见到时月的朋友之后，不禁皱眉，因为那位少年，长得真是太漂亮了。

“别被他的外表给骗了，他是个恶劣的讨厌鬼。”时月看出陈琛眼中有惊羡之意，不满地嘟囔。

青釉站在一个五彩池的池中央，眼如朝露清澈透明，唇如玫瑰花瓣粉嫩柔软，肌肤雪白细腻，泛着淡淡的蓝光，一头乌发不扎不束，微微拂动，脚下是水面，不是鱼尾？他脚下的确不是鱼尾，是人类的脚，没有穿鞋，而是踩着两朵祥云一样的气体，他凭着那气体站立在了水面上，雾里看花，美得似仙人。

这样的人竟然是时月的朋友？陈琛有点吃醋了，自己是个多愁多病身，拖累时月不说，也无法陪伴她长久，倘若有其他人代替他爱她，他也算放心了。

“青釉，我又来了。”时月大喊了一声，折断一根树枝笔直地朝他射去。

青釉刚想假装怒叱她怎么这么没礼貌，眼见时月攻击他，他手伸向空中，那根树枝在要刺中他时停了下来，悬浮在空气中，青釉眨眨眼，

笑了一下，衣袖一挥，只见他周围都是飞舞的蔷薇花瓣，再看树枝已经不见了。

陈琛瞪大了眼睛，青釉朝他们飞了过来，陈琛没有看错，是飞，他没有走路，他脚下的祥云气体，仿佛有生命一般顺着主人的心意在移动，来到岸边，他落地，祥云也随之消失了，少年眉上一喜，欣喜地唤了一声：“小月儿。”

“青釉你还是老样子，又在彩池这里蹭灵力，你不是想当花妖王呀？”时月冷笑。

青釉拍了一下她的肩膀，摇摇头，表情浮现一丝调皮：“我当了花妖王，那你想当王后吗？”

“不想。”时月拒绝。

“去我家吧，你也跟着来。”青釉伸出食指指着陈琛。

陈琛在他后面对着他点了点头：“打扰了。”

青釉的屋子建立在水面一朵巨大的莲花上面，水面漂浮着一些荷叶，还有一些刚探出头的莲花苞。

陈琛闻到了阵阵荷香，不同于先前他看到的，这里格外幽静，巨大的一个湖，只有这一间房子，房子四周是摇摆着的蔷薇花，围绕成一个小院子，湖四周是一些垂柳，在风中摇曳着，细碎的柳叶漂浮在水面，水里还有五颜六色的小鱼在游来游去。

青釉一挥袖，只见那些漂浮在屋子四周的荷叶，竟然齐齐向他们“游动”了过来，速度比较快，不一会儿就到了岸边，各自停在了他们的跟前。

青釉眨了一下眼睛，咧嘴一笑："请吧。"

那荷叶载着陈琛和时月，平稳地在水面移动，向着小屋方向移去，速度却是减了不少，仿佛有灵性一般。

荷叶载着他们到了湖中央的屋子。在远处只觉得屋子很漂亮，走近了才发现它里面别有洞天。

整个屋子弥漫着蔷薇花的香味，先前荷花的清香也被这气味掩盖了过去。

上空有很多五彩缤纷的蝴蝶在悠闲起舞，整个小屋的布局，精巧而不繁杂，从入口望去，一个院子连着一个院子，仿佛没有尽头，每个院子里的景物布局又不一样，错落有致地安置了一些典雅的住处。

青釉在时月的要求下，帮陈琛检查了身体，给他开了一些药，请时月他们吃了一顿饭，叹息着送他们回去了。

05

他顽疾入心，从哪里来，也该回哪里去，月儿，你放弃吧。

回来后，青釉对她说过的话，又浮现在脑海中。

人妖殊途，她救不了他。

时月立于屋顶之巅，看着面前这个院子，灯火明灭，顿生恍然如梦的感觉。

就是这个地方，他曾亲手栽培一棵小小的梨树长大，那时她还是一

只小小的花妖，被他吸引，隐匿于树中修炼，日日夜夜，看尽这世间的寂寞和繁华，化身与他相遇。

其实她早已经爱上了他，在看到他的那一眼。

那日下着细雨，她着一身白裙，站在梨树下对他笑，雪白的梨花，在她身后，在空中飞扬，漫天飞舞。

他撑着一把伞，着急地走过院子，替她挡雨，说："外面冷，别冻着了。"

从此，情根深种。

那个人，终究会离开她。

时月从屋顶上爬下来，一直走着，穿过长廊，穿过房间，推开门，走到那个他们相遇的庭院。

小雨淅淅沥沥，陈琛正在种植几棵小小的花苗，衣摆上沾上了不少泥星，看到时月，他微微一笑："就猜到你会来这里。"

"阿琛，我好害怕。"时月说。

"嗯？"他笑着开口，"别怕，我陪着你呢。"

"会永远陪着我吗？"时月失神地问。

陈琛没有正面回答，而是转移话题，道："小月，我今日又为你作了一幅画，名为《伊人舞》。"

时月曾在月下为他跳过一支舞，画面太美，深深地留在了他心中，他用画把它记录了下来。

"真的吗？"时月跑到屋子里，发现了整个房间全是她的画像，高兴的，伤心的，调皮的，安静的……

“我记得，梨花盛开时，是你的生辰，所以作了这些画给你，喜欢吗？”陈琛随后走了进来，轻轻从身后拥抱着她。

“喜欢，好喜欢。”时月眼角流下了一滴清泪，眼睛看向天空，细雨停了，今夜的天空月亮没出来，星星却是出奇地大，好久没见过这样宁静的夜空了。

“小月，我爱你。”他轻声说。

她埋头在他怀中：“阿琛……”

他说：“我的爱是山上雪，清澈，无垠，你是我的云间月，美好，纯洁，倘若我不在了，我会化作梨花白雪，继续爱你。”

时月哭着摇头：“我不要，我不要你化作梨花白雪，你若不在了，我便去寻你，等你，上穷碧落下黄泉，下辈子，下下辈子，生生世世，我也要找到你。”

看到时月泪流满面，他叹息道：“你……”心中一阵震撼，刚想说些什么，又马上住了口。

“小月，听话，不要找我，去过你喜欢的日子，我希望你快乐。”陈琛说。

时月凝视着他，坚定地摇头：“不，没有你我不会快乐，我不会忘记你的。”

一阵微风吹过，一尘不染的梨花，簌簌起舞，月亮不知道什么时候出来了，皎洁的月光如朦胧的白纱浮绕在院子里。

一对紧紧相拥的人，影子在灯光下和花香的涟漪间浮动，一朵一朵绽放的花朵，似乎也在低喃。

我不会忘记你的……

千年时光，斗转星移，永远不会。